世界名校学子
访谈录

PATHWAYS TO EXCELLENCE
Conversations with Students from the World's Top Universities

林果宇 主编

新华出版社

图书在版编目（CIP）数据

世界名校学子访谈录 / 林果宇主编.
北京：新华出版社, 2024.7.
ISBN 978-7-5166-7440-6

Ⅰ. I253

中国国家版本馆CIP数据核字第2024MQ1922号

世界名校学子访谈录
作者：林果宇
出版发行：新华出版社有限责任公司
（北京石景山区京原路 8 号　邮编：100040）
印刷：河北盛世彩捷印刷有限公司

成品尺寸：140mm×210mm　1/32　　印张：9.25　字数：173 千字
版次：2024 年 7 月第 1 版　　　　　印次：2024 年 7 月第 1 次印刷
书号：ISBN 978-7-5166-7440-6　　　定价：79.00 元

版权专有·侵权必究
如有印刷、装订问题，本公司负责调换。

微店

视频号小店

抖店

京东旗舰店

扫码添加专属客服

微信公众号

喜马拉雅

小红书

淘宝旗舰店

《世界名校学子访谈录》

编 委 会

主　编　林果宇

编　委　（以拼音排序）

　　　　林果宇　李柘远　许吉如　薛　笑

　　　　彭　颖　李子康　夏庚丰　Nini

　　　　牛津Kate　高宇同　陈婧婧　韩天爱

　　　　李思睿Siri Li　汪星宇　周经伦　陈歆怡

　　　　华宇婷　牛承程　Rex王远望　Tina姐姐姐

　　　　李乐贤　聂　鑫　笛　子　池婉卿

　　　　南洋学姐Sophia　浦奕柳　马知耀　李佳琳

　　　　吴　昊　田家源　杨卓伦　柳馨然

前 言
PREFACE

之所以写这本书，是因为在20多年前，我的母亲看过一本叫作《哈佛女孩刘亦婷》的书。刘亦婷的母亲非常详细地记录了自己培养孩子的方式、方法，以及把孩子送进哈佛的心路历程。应该说，在那个年代能够被哈佛本科录取，对于一个中国学生来说，是一件不敢想象的事情，因此引发了中国家长的热议、跟随和模仿，应该说21世纪第一个10年的留学潮就是由这本书拉开的。

弹指一挥间，20多年过去了，现在的中国留学生遍布世界，他们涌向了哈佛、耶鲁、普林斯顿、牛津、剑桥、康奈尔等世界知名院校。仅仅在美国，中国的留学生数量就高达30多万人，应该说中国留学生的发展和中国国力的发展是息息相关的。

在这么多的留学生背后有着一段段怎样的故事呢？又是怎样的一群家长在培养和激励着孩子走出国门呢？我选取了几十位在世界顶级名校就读和毕业的同学，一起撰写了此书，将他们的心路历程、所见所闻，以及在世界知名院校里所经历的令人感动的、给人以启迪的、让人难忘的故事记录下来。这就是我整理这本《世界名校学子访谈录》的初衷。

我希望这本书能够一直出版下去,每年更新一部分新的受访者,让广大的中国家长了解到在世界名校就读的那些学生到底是具备怎样特质的一群人。

目 录
CONTENTS

林果宇访谈录 — 001

李柘远访谈录 — 006

许吉如访谈录 — 014

薛笑访谈录 — 025

彭颖访谈录 — 037

李子康访谈录 — 046

夏庚丰访谈录 — 054

Nini 访谈录 — 066

牛津 Kate 访谈录	— 077
高宇同访谈录	— 083
陈婧婧访谈录	— 092
韩天爱访谈录	— 100
李思睿 Siri Li 访谈录	— 108
汪星宇访谈录	— 116
周经伦访谈录	— 125
陈歆怡访谈录	— 133
华宇婷访谈录	— 142
牛承程访谈录	— 155
Rex 王远望访谈录	— 162
Tina 姐姐姐访谈录	— 172

李乐贤访谈录 — 179

聂鑫访谈录 — 189

笛子访谈录 — 197

池婉卿访谈录 — 205

南洋学姐 Sophia 访谈录 — 215

浦奕柳访谈录 — 225

马知耀访谈录 — 234

李佳琳访谈录 — 246

吴昊访谈录 — 254

田家源访谈录 — 261

杨卓伦访谈录 — 266

柳馨然访谈录 — 276

林果宇访谈录
INTERVIEW

- "留学生日报"创始人
- 哥伦比亚大学教育学硕士
- 福布斯中国30位30岁以下精英
- 福布斯环球联盟国际化咨询领军人物
- 《世界名校学子访谈录》主编

我出生于东北一座依山傍海的城市，来自一个非常和睦的家庭。父母都是公务员，收入稳定，没有经历过大风大浪。但是在教育方面，我和大多备受期待的学生一样，虽然属于"别人家的孩子"，但在整体路径来说是艰辛的。家长都望子成龙、望女成凤，就是在这样较为严格的教育下，我一路从最好的小学升到最好的初中，再考入本市最好的高中，可以说我大学以前的经历是一帆风顺的。

我所上的高中每年都有几十位考入清华、北大的学生。这个升学结果放眼整个辽宁省可以说都是排在第一的。所以我在高中阶段的开始，就抱着要考清北的想法，但是中间却经历了很多打击。

比如说在高一时，为了让所有初中阶段的尖子生意识到自己的不足，我们进行了一场物理摸底考试。当时我考了58分，是年级第8，但年级第一考了98分。接下来，老师告诉了我一段影响我终身的话。他说："你们在初中时，可能都是能拿满分的人，但是你和年级第一的差距其实在于，你的物理能考到100分，是因为你有能力考到100分。但他能考到100分，是因为卷面的分数只有100分。所以说，当高考的满分被拉到700多时，人与人之间的差距就会明显被拉大。这也就是为什么在高考中，有能考到700分的学霸，也有只能考到300分的学渣，人和人之间就是这样拉开距离的。"

我从老师的话里感受到高考的压力,也不想用三天的结果来决定我未来的走向。

当时,我妈妈买了一本叫《哈佛女孩刘亦婷》的书。这本书曾经风靡中国的大江南北,几乎整整一代的中国留学生家长都看过这本书。它记录了一位母亲如何将自己的女儿从一个别人眼中的普通孩子培养成为一个本科被哈佛录取的学霸。这段心路历程和做法,得到了广大中国家长的效仿和跟随,开启了中国21世纪第一个10年的留学潮,也就是我这一代的留学大军。

2005年,我第一次去美国。当时我们的高中校长选拔了多名校内优秀的学生,到美国高中进行交换,我很幸运被选中。

通过这次当交换生的经历,我决定出国留学。我很坚定我需要完成我的高中学业,所以我是从高中直接考入美国的本科的。

我还记得当时我的雅思只要考到6.5,就能申请美国前50的本科院校,但从现在的留学环境来看,这个分数是完全没有可能申请上的。我的本科是在迈阿密大学读的,这个大学当时只有102个中国学生,在这座万人规模的大学里,中国人是非常小众的存在。但是等到我四年后毕业的时候,我们学校的中国学生就猛涨到2200人,这个数字的变化显示出那场留学浪潮来得多么凶猛,也催生了像新东方、新航道等一系列专门做美国留学的中介巨头。

其实刚进入大学时,我是非常蒙的,因为我突然发现我之前学的所有英语都失效了,我明明能听懂他们说的每一个单词,却难以理解整句话，后来我才知道是学习英语的方法出了问题。之前我们的英语学习是为了应试，真正在美国大学里上课的时候，用不到那么多的高深词汇和复杂语法，正常的人与人之间的沟通实际上很简单。但在学术上，我们之前学的英语又远远不够，这也让我重新思考了我们原来学习英语的方式和方法。

在本科期间，虽然我选了会计学，但我发现选择专业其实是非常凌乱的一件事情，很多中国学生做决定时根本没有想好自己要学什么。毕业后我创立了"留学生日报"，目的就是让更多的留学生能接触到最真实的一些信息，打破原来的信息差，还原更多的留学真相。因为我亲眼见证了我们学校的中国学生从100人猛涨到2000多人，同时我发现越来越多新进来的中国学生没有时间去跟美国人沟通和交流，不能真正融入当地人的体系，大多数时候是和自己的同胞在一起玩，留学的意义大打折扣。

美国教育希望激发学生成为领导者，这种领导属性并不意味着需要每个人都成为企业家或者政治家，更多的是想让一个人成为自己命运的主宰，而非随波逐流。

在创立"留学生日报"之后，我取得了一些成功。很快，我们就冲进了微信公众号全国百强的位置，占据了一个非常好的赛道，得到了广大留学生和家长的认可和关注。基于这样的创业经历，我们后面又举办了很多吸引世界名校来到中国的展会。近些年来，随着短视频的发展，很多中国学生学会了利用社交媒介去塑造自己的人设，分享自己的生活，我们也因此聚集了很多的好朋友，跟我们一起来出这本书。我希望这本书能给大家带来更多真实的留学体验，每一篇访谈都是一段留学故事、一个人的过往。有些受访者的经历是非常丰富的，也有些受访者的经历令人相当感动。

　　创立"留学生日报"之后，我其实成了一个游走在媒体界和教育界中间的双调创业者。我既是教育理念的布道者，也是执行者，更是很多国际教育资源的对接者，我希望这本书能给广大的中国家长和学生们带来足够多的帮助和启迪。希望天下没有教育不好的孩子，没有实现不了的名校梦！

李柘远访谈录
INTERVIEW

- 耶鲁、哈佛、牛津三学霸
- 投资人
- 畅销书作家
- "学长LEO"主理人

林主编：柘远，能介绍一下你的耶鲁求学经历吗？

李柘远：我在2008年12月申请去耶鲁大学，就是early action（提前行动，院校提前申请），2009年入学大一，2013年本科毕业。我比较幸运，本科没有花费太多的时间。

我读本科之前都在国内上学。先在山东济南上了两年小学，后来因为家人的工作关系搬到厦门。从小学三年级到高三都是在厦门读书。当年都不知道"出国班"这个概念，身边想考英国、澳大利亚、加拿大学校的人多一些。一开始我对留学其实没有太多想法。高中时我就想踏踏实实参加高考，想通过一些理科竞赛保送到比较好的学校。

当时我在厦门外国语学校，全国有很多家这类外国语学校，它有一个特色是，如果初中成绩还不错，就能直升本校的高中。上高中之前，就陆续有一些考上北大、清华的学长、学姐介绍他们成功的升学经验。那时候就开始有香港学校在内地招生，比如香港中文大学、香港大学，我当时还挺感兴趣的，就想探索一下。

初三暑假的时候在家里上网，无意中搜到一个新闻，复旦附中有高三应届毕业生——不是国际班的，就是校本部的——拿到了哈佛、耶鲁、斯坦福这些学校的offer，还获得了全额奖学金。我看了以后非常激动，我第一次知道本土高中生居然有申请世界一流本科的机会。

当时我考虑去美国读本科，其实并不是觉得美国本科更好，只是想换一个环境体验一下。

国外的本科申请看的不只是校内成绩，还要看其他方面是否出色，所以我也会参加一些理科竞赛和比较喜欢的活动，比如参加当时刚开始出现的模拟联合国的活动。此外，我当时也去厦门大学的生命科学学院参与了一些实验，给他们当小助理，去做一些科学研究。总之，我的高中生活过得还是很丰富的。

高二暑假我参加了一个美国的夏令营项目，我申请上之后，本来以为会有很多国际学生参加，后来发现我是那一届唯一一个非美国学生。为了参加这个项目，我在耶鲁住了5周，那时就对这所学校有了最直观的感受和体验，我很喜欢这所学校的风格。我觉得高三上学期就可以抓住机会，在提前申请阶段去投这所学校，录取率相对会高一些。

高三上学期我请了一个半月的假，回家全身心准备申请。然后一鼓作气，标化（包括美国研究生入学考试、管理学研究生入学考试等）取得了不错的成绩，推荐信也是中规中矩，找学校老师写的。

我当时的想法是，如果没被美国很好的学校录取的话，第二年我可以再申请一次。我时间充裕，有三四个月时间用于高考复习，因为之前的底子好，也能考到国内最好的大学。我不想妥协，只想升藤校和麻省理工学院，要不就在国内读清华、北大。

大概在11月初，我印象中当时要开始准备二轮申请材料了，我周末突然接到一个面试通知电话,是耶鲁的一个校友面试官打过来的。他说他代表招生办想对我做一个面试邀请,看我能不能在接下来的几天之内去面试。我挺惊讶的,没想到电话会突然打到我家来。那时我听说,如果不是在北上广深的话,对方就不会给你安排面试,因为没有本地的校友。很神奇的是,这个面试官居然在厦门工作。

面试官是一个美国人,在厦门的一家外贸公司工作,他所在的公司离我家很近,大概就一公里。然后我问他什么时候去面试,他说如果我方便的话,明后天就可以。我之前看论坛,在申请的那一两个月里面,大家普遍的经验分享是,拿到面试通知起码会给你四五天的准备时间,你可以约一周之后的面试。

虽然有点措手不及,但既然他那么快发出邀约,我也应该快速回应。我说好,问他在哪面试。没想到他说在这条路上很有人气的一家甜品店见面,我更惊讶了,本来以为面试会很正式,比如在宾馆、餐厅或者会议室里,结果我那场面试就是一边吃芒果冰,一边聊天。本来他说的是可能聊45分钟,但是那天我们聊到那个店打烊才买单。聊的内容还挺丰富的,他几乎没怎么问我高中做了什么事情,最多就问了一两个关于高中的问题。他让我简单介绍一下自己的情况,其他都是在聊我面试前不太能想到的问题。比如,他问我最喜欢的3部电影是什么?为什么?最近在读什么书?你觉得这本书里有没有写得还不够好、你可以再优化一下的内容?我们聊了海平面上升以及气候变暖的问题,还聊了妇女平权等问题,聊的内容包罗万象。一开始他还做记录,后来就完全放飞自我了。告别的时候,他说会给我一个比较好的面试分数。

因为他的肯定,我在进行正常批次申请时就不太担心了,觉得不如干脆等到12月中旬放榜之后再做,万一被拒绝了,我再开始准备其他学校。抱着这样的心态,我在学校里一边复习,一边等着12月中旬的到来。

当时,我还参加了世界经济论坛青年达沃斯的一个峰会活动,我被选上了,要去广州领事馆办瑞士签证,时间刚好在12月中旬放榜那两天。我在宾馆里打开了录取通知的网页界面,我很紧张,毕竟期盼了很久,我不由自主地想被拒绝或被录取的画面是什么样,那天的网速很快,输入信息后两秒就跳出了耶鲁的校园吉祥物——牛头犬,它在唱耶鲁的校歌,然后说"Congratulations, welcome to class twenty-three!"(恭喜你,欢迎来到23班!)。我被录取了,还获得了4年全额奖学金。当时感觉有点蒙,同时觉得自己很幸运。

后来,我觉得我解放了,高三下学期也就不在学校复习了,而是去体验各种生活。看书、运动,在学校做各种志愿者和义工活动,还一个人跑到日本东京住了一个月,上了一个月的日语课,感受了一下不同的生活。后来就去耶鲁读书了。这就是我完整的经历。

林主编:你觉得你的什么特质打动了耶鲁?

李柘远:这很难讲。美国每所大学录取的过程都有规律可循,但同时又是一个black box(暗箱),让你没办法真的知道原因。而且我自己也从来没有问过招生官当时为什么录取我，我觉得可能就是我每一方面都合格了，不管是分数还是文书，可能觉得我比较契合耶鲁的风格吧。

我写的文书就是一些很小的故事。比如，在戈壁沙漠进行科考时教牧民的孩子打篮球；晚自习下课后看到一个流浪汉特别冷，想送他衣服，但是他后来不见了，我挺惋惜的，路上意外救助了一只流浪猫……我当时写这种文书是很冒险的，毕竟申请文书还是需要仔细斟酌和设计的，需要写一些个人优点。但我觉得简历表上已经填过这些了，不用再复述一次了。

所以你问我是什么特质打动了耶鲁，我觉得就是做好各种准备，展现真实的自己，没有必要去刻意营造什么。

林主编：你在耶鲁是怎么度过的？

李柘远：我觉得既然学校愿意录取我，我就不能辜负自己，我选了一些难度比较大的课，我觉得那样会很有收获，很有成就感。我学的是经济学专业，辅修环境研究，也选了很多人文和历史的课，就想多学些东西。课业之外就是充分感受校园生活吧。

因为我比较喜欢旅游，所以从大一开始我就一直在一个学生社团里面。从参加去印度贫民窟的社会调查旅行，到自己带队回中国做支教的旅行，我大三时就成为这个社团的主席了。我觉得学生社团活动在精不在多，认准自己最喜欢做的事情，踏踏实实地做下去就好。

实习时也是抱着多去探索不同可能性的方式去选的。比如，大二的暑假去香港做房地产实习，在日本学日语，大三在高盛做投行实习，拿到offer之后，大四毕业就去高盛工作了。大学期间我觉得我的生活还挺丰富的，没有什么烦恼，就是每天尽可能享受生活，享受上课学习的每一天。

林主编： 耶鲁毕业之后，你的经历是怎样的？你是工作了一段时间才申请去哈佛的？

李柘远： 对，我先在高盛工作了两年多，后来参加了一年的旅行创业的项目，然后去读MBA。我本科毕业之后觉得自己还是比较喜欢校园的生活，还想再多读一点书。创业的时候，我觉得自己在商业方面不懂的还有很多，就读了MBA。哈佛的案例教学就是在课上了解很多不同的行业和企业。

当时我的两封推荐信都是哈佛校友帮忙写的，一个是我在高盛时候的上司，另一个是旅游创业项目里我的上司兼团队队长，他们都是哈佛商学院的校友。我快速复习，取得了不错的分数，加上工作和本科的综合经历，就被哈佛录取了，又享受了两年读MBA的生活。除了上课研究学习案例之外，其实学校里面的事情，包括企业宣讲、招聘，我一个都没参加，算是比较非主流的一个MBA学生。毕业之后就回北京工作了。

林主编： 我看你之前一直在美国，现在你在做什么创业内容？

李柘远： 现在中美两国都有。我们公司主要做的是文化产业相关的项目运营和投资。举个简单的例子，我们会挖掘很多作者和他们的作品，投资买入他们的影视或者任何衍生作品的全版权，包括影视网剧、连续剧、大小电影、动漫改编的游戏等，做IP后续衍生的开发和投资。

林主编：如果让你给现在的同学一个建议的话，你觉得他们该如何去选择适合自己的学校和专业？

李柘远：我觉得还是要打有准备的仗，不要人云亦云，道听途说。在做决策的时候，要选最适合自己的东西，而不是让别人告诉你。

不管是在国内读书还是在国外读书，尽可能去查找资料，研究不同学校、不同专业的特点，再结合性格方面的特征进行综合评判，看到底哪条路最适合自己。

确定了方向，以及去哪个国家、哪个学校和哪个专业之后，就要好好研究学校专业录取的一些大概标准，比如他们会录取什么样的人，怎么去申请，怎样提高自己的竞争实力等，还有拿到offer的学长学姐各方面的情况，比如分数考了多少，有哪些过人之处等。然后基于自己的特色和情况，想一想自己怎么做才能达到最好的效果。

林主编：你觉得耶鲁和哈佛对你来说有什么区别？

李柘远：这两个项目是完全不一样的，一个是本科4年，另一个是MBA，从个人主观角度来讲，可能还是偏爱本科4年，因为这是一个人从少年到青年非常重要的转型时期，从心智、三观的形成到整个格局、事业的拓宽，我觉得本科阶段比之后任何一段硕博经历都更重要。

许吉如访谈录

INTERVIEW

- 清华大学法学院毕业
- 哈佛大学肯尼迪政府学院研究生

林主编：吉如，你当时是如何决定留学的，以及如何决定要去这所学校的？

许吉如：我决定留学跟我的中学有关，我是南京外国语学校（以下简称南外）毕业的。我们学校有个特殊之处，1963年，全国建了6所这样的外国语学校，最早的时候是为新中国培养翻译和外交官的。所以外语教育或者说国际视野，从1963年建校起就是这样的。我们的校训是"培养具有中国灵魂世界胸怀的现代人"。

我读书的时候，南外是一个在留学方面走得特别靠前的学校，我记得2006、2007年的时候我们学校走出了第一个耶鲁女孩。本科直接进入哈佛、耶鲁、普林斯顿这样顶尖学校的学生，就是我们的学长学姐，所以我们学校的出国留学风很盛。南外的同学基本上有两条路，一条是我们走外国语学校能享受的国家政策保送，另一条就是选择出国读本科。

那种环境下，你就觉得一定要出国留学看一看，一定要接受不同系统的教育，或者是你的学科领域里最先进的东西。另外，我高一的时候参加了一个去美国的模拟联合国的游学项目。当时在东海岸参观了几乎所有的知名大学，包括宾大、耶鲁、达特茅斯学院，还有哈佛，我当时就觉得美国大学那种开放式的校园很吸引我。加上那一年有一本书叫《墨迹》，是曾子墨写的，她也是达特茅斯学院本科毕业的,是我们那一辈的"哈佛女孩"。书里不仅写了她去读书,还写了她去投行实习,在美国、中国香港工作,为我打开了一扇职业发展的大门。

我和父母衡量了一下,当时我学习挺好的,如果保送的话,我应该是可以保送上清华或者北大的。这个时候就面临着一个确定性和不确定性的选择,留在国内基本上就是清北。但是你申请美国的高校,也许能被很好的学校录取,也许不能。所以当时衡量了一下,觉得以后还是想回国,那在国内接受教育和大学的就读经历还是有用的,就决定先在国内读本科,但是非常确定读完本科肯定要出国深造读硕士。所以说我打算出国读书,应该在我高一那年就已经下定决心了。

我们那届480个学生,我记得是200个保送,另外有200多个直接去美国读本科,剩下40个同学参加国内的高考。当我去清华报道的时候,我的同学已经去了美国、英国,去加拿大的也有一些。然后又因为大家关系非常好,所以虽然那时候我人在北京读书,但是我觉得好像离他们的大学,甚至离他们本人并不遥远。高二的时候我把托福、SAT(美国高中毕业生学术能力水平考试)都考了。大学再考一次托福,以及GRE。

林主编: 高中阶段在申请之前你的成绩怎么样?

许吉如: 我的标化成绩托福考得很高,是117分,SAT考得不高,因为是裸考。当时还有点犹豫,就想去裸考试试看。如果裸考就能考得很好,那可以再冲一下。但因为当时裸考成绩非常一般,那就意味着如果我还要申请出国的话,标化考试可能还得下很大的功夫。所以我衡量了一下，还是集中精力去弄保送的事情，出国的事情以后再说。

林主编： 那时申请海外的名校，可能还不像现在这么卷，当时你做了哪些提升自己背景的活动呢？

许吉如： 首先我申请的那个学校是哈佛肯尼迪政府学院，那个时候还没有什么针对这种professional school（专门学院）的特别攻略。在美国这个体系里面，它不是让应届毕业生读的项目，一般建议有工作经验的人去读。所以我本身已经在走一条非常规的申请道路了，没有那么多"参考书"可以抄。

进大学之后，我知道我肯定还要出国深造，但我那时候并不知道我要申请什么，我决定先去做我感兴趣和我擅长的事情：内容创作和表达，学生时代比较普遍的就是演讲、辩论活动。我高三时，已经保送完毕了，然后我就在南京做了申办青奥会的形象大使，有了一个做体育外交的经历。我也在温哥华参与了申奥的正式陈述。三个申办城市轮番上去讲，讲完之后一轮一轮投票，这个我是全程参与的。作为学生，我觉得这是一个比较宝贵也比较难得的参与公共事务的经历了。

但是，我这段经历不是为了出国而准备的，而是我得到了一个机会，我很感兴趣，也做得很愉快。进入大学之后，我代表清华把那段时间国内和国际所有的演讲、辩论赛的冠军都拿到了，这个事情的出发点依然是这事情是我喜欢的，我希望我可以在喜欢的领域里做到最好。

等到我真正申请的时候，我要申请的方向其实就是跟我过往这些经历有关的，要么就是往公共事务、政府事务方向转，要么就是往broad journalism communication（广泛新闻传播）方向转。

林主编： 我之前看过你的履历，中间随便提出两三条都已经非常厉害了。很多人就觉得为什么你在这么年轻的时候就有这么多的成就？你觉得清华带给你的东西和哈佛带给你的东西，有什么特别之处和不同之处？

许吉如： 我觉得清华特别能带给人一种家国情怀，就是民族感很强。我觉得对于一个大学来说，本科教育是它最浓缩的学校精神的体现。所以我没有办法去拿我后来念的professional school（专业学院）跟我的本科教育去比。

有人说清华的学生如果不做出一点对社会有用的事情，其实是浪费了教育资源。这句话我是很赞同的。18岁的时候大家可能都是一批很好的苗子，但是谁得到了点拨，以后走的路是完全不一样的。

我们当时清华法学院有一个制度叫本科生学术导师制度。给每个本科生都配了一个学院里面的导师，你可以跟他去聊你未来规划里的一切事情。我的学术导师就很厉害，他是学校专门从耶鲁法学院聘回来的。他整个人的学术积累是在宗教、法律和文学领域。那个时候我跟他探讨未来怎么读书，专业学院和国外的硕士是怎么回事，他首先告诉我学术是一条职业道路，PhD其实就意味着你要走学术的职业道路。

学院因为有明确的职业发展道路方向，所以叫作专业院校。你进入这些学院，不意味着你比别的同学厉害，只不过意味着你下定决心要成为一个律师。他帮我对所谓的名校深造学位全部祛魅，让我学会从终点出发，从自己的个人发展角度出发去思考我需要读什么样的书。和世界接轨的信息，其实是清华带给我的一种特别大的影响。虽然我人当时不在美国，但说实话，我那个时候对这一切的了解，不比任何一个在美国读本科的同学要少。

在哈佛，因为是专业院校，我大部分同学都是有工作经验的，我是里面年纪最小的，大家带着一个很成熟的态度来深造，而我是带着工作中的疑问来的，包括我有一些想要拓展的人脉资源。

因为人有了阅历之后就不会再做无用功了，我能很明确地感觉到我那些研究生的同学知晓什么时候出来社交放松，哪些课不必来，什么课得跟着老师再做一个研究……他们弄得特别明白。

还有跟人际关系有关的很宝贵的一课。比如，当时我在项目里是年纪最小的学生，我又是那种看着很小的亚洲女孩，我能感觉到一开始很多同学虽然对我比较友好、很照顾，但是我并没有真正跟他们成为朋友。后来这种情况发生改变，是因为我在课堂上的表现，在课堂上发言是我最擅长的事情。我那个时候就明白了，在任何一个新环境里，你不需要刻意去结交朋友，不需要刻意去讨好别人，你只要把你擅长的事情做到最好，你自己就会发光，别人就会越来越喜欢你。

林主编：肯尼迪政府学院是个怎样的学院？这里面的学生大概是怎样的学生呢？因为很多人都说肯尼迪政府学院可能是哈佛最好的一个学院。当然，商学院可能不同意这个观点。

许吉如：会有一些不同的意见，学院全称叫作John F. Kennedy School of Government（哈佛大学肯尼迪政府学院）。我们的这个项目叫master public policy（公共政策硕士），它分了好几个方向，我的方向是国际关系，叫international and global affairs。我记得还有一个方向，大概叫urban planning（城市规划），是讲城市规划、城市治理的。还有一个方向是讲national security（国家安全）的……当时我的班上有两个人很有才华，班上还有签证官、外交官，别的国家也会来一些政要的孩子。班上有很多这样的人，所以那个时候在肯尼迪政府学院，如果你想进投行或者咨询公司，还挺容易的，因为他们都会给你内推。他们都很了解这些，肯尼迪政府学院确实是一个宝藏学院。

林主编：在顶尖名校里，你会发现每一个同学都很有故事。

许吉如：对，我觉得名校是唯一一个有可能让你感觉到，靠个人努力、个人才华考上的一群人和另外一群也很有才华但同时家族渊源比较深厚的人，能平等、紧密地在一起的地方。

林主编：你身边的同学都这么优秀，你在跟他们交往的过程中有什么心得和体会？你觉得跟这些人交往，什么东西最重要？

许吉如：我觉得诚实最重要。假设我当时有个同学，他有个活动，邀请我作为他的date（陪伴者）一起去，假设这个场景很精致，活动有各种各样的流程、着装规定等需要注意的事项，我可能会直接跟他讲，我为能当他的date而感到高兴，但是我没有去过这么高档的地方，我有可能在这个级别的场合出错。面对这种在人生经历上显然比我丰富精彩的人，我没有什么可自卑的，我可以非常坦诚地跟他讲，这块我不行，你得多帮帮我。

从自己的角度来说，你也可以通过对方的回应来做一个筛选，知道哪些人适合继续做你的朋友，分辨出那些在你向上社交过程中真正能够尊重你的人。用诚实进行筛选，就不会遇到那种很糟心或者很不舒服的状况，因为你能筛选出真正善良的人，他们其实是很considerate（为他人着想）的。

林主编：你怎么解释considerate这个词？

许吉如：我在读肯尼迪政府学院之前，在哈佛本科生院交换过一年，我觉得哈佛本科生院的学生身上的故事就更精彩了。有一次我跟一群同学出去吃饭，最后每个人都把信用卡拿出来分摊饭钱。我旁边有一个女生，是柬埔寨人，从小在巴黎、瑞士这些地方接受教育。她在我旁边一边把我手上的收据拿过来，一边小声地跟我讲，以后出来记得用笔把收据上面的信息涂掉，要不就直接撕掉，因为可能会泄露个人信息。当时大家都这么做，但我之前没有参与过这样的场合，我也没有跟人家这样分摊过，没有这些概念，整个过程除了我和她之外，没有任何人看见。我觉得这就是为他人着想。

你跟他们在一起是很开心的。有些人是带你站着看世界的；另外有一些人在带你看世界时，你总觉得你是跪下来的。

林主编：你从哈佛毕业之后在美国工作过吗？

许吉如：没有，因为我去哈佛读书之前，在本科的时候就拿到了我毕业后第一份工作的offer。而且我也没打算在美国工作，因为我特别明确地知道我不想移民，我不喜欢在国外作为一个外国人的滋味；我觉得我擅长的东西肯定是偏人文的，对人文来说，文化土壤太重要了，非常需要你跟你所处的环境有很多共鸣，你要有敏锐度，我想在一个我比较熟悉的文化土壤上生活、工作。

林主编：所以拿到的这个心仪的offer，是怎样的一个工作呢？

许吉如：是一家美国律所的上海代表处，因为我本科学的是法律，所以我们当时最常见的一条职业道路就是做律师。从职业起点的角度，从你能够接触到的案子、交易的角度，以及从薪酬角度来讲，外资所是有绝对优势的。所以我们那个时候都会一股脑地要去外资所。再加上那个时候，我本科阶段其实还没有特别明确的方向和目标，我还没有真正热爱的事业，那我想，我就先做我本行的工作。刚好拿到这个offer，我就接受了。

林主编：从清华和哈佛毕业之后，你觉得这两所学校为你的事业提供过哪些帮助？

许吉如：我觉得我能做个人IP完全是因为哈佛带给我的影响。首先像肯尼迪政府学院的同学，毕业后有去国际组织的，有自己创业的，有回国进入自己国家的政治体系的，也有做外交官的，或者做传媒、做记者、做主持人，等等。我感觉我当时也是因为心里面隐隐地觉得还是想从事一份面向公众的、以表达创作为核心的工作，所以才选择了这所学校。我那时候并不知道该怎么做，但是我记得那个时候，我的很多同学开始搞个人网页，还有好多同学在一些报社或者电视台工作，有他们自己一个小小的栏目。他们让我知道，就算不进入电视台、报社，也有很多的途径可以不断发出自己的声音，然后拥有一群固定的受众，后面受众人数会越来越多。

我那个时候还没有开始做自媒体，还挺抗拒的，我不知道怎么做这些。当时有个同学跟我讲肯尼迪政府学院永远是和public（公共）相关的，如果你不愿意把你的观点分享给公众，那你也不用来这读书。这个专业就是要make ourselves heard, the most prudent and hopefully time-valued opinion be spread as much as it can（让我们自己被听到，要尽可能多地传播最严谨和最有时间价值的意见）。

林主编：你觉得肯尼迪政府学院这些年来都在录取怎样的一批学生？

许吉如：我觉得是衡量下来，更有可能在未来发挥社会影响力的同学。因为它是政府学院，所以希望学生不只是满足于默默地做一个为自己敛财的有钱人。我还想做一些事情，是为社会服务的，你不用管我的出发点是什么，我会做一些和社会相关的事情，能真正改变世界，最起码能够改变你的生存环境、行业。他们要的是这样的人。

我感觉他们还是很看重一个人身上的使命感的，录取的时候大家可能都二三十岁，他们能够从学生的文书和过往的履历中看出来。我觉得一个人如果只想出名，想具有影响力，其实很难坚持下去，很容易导致心态失衡。但是如果背后有使命感在支撑的话，就更有可能成为一个长跑型的选手。

我当时在班上最好的同学，她哈佛本科毕业后直接去了美国国务院工作。她是波士顿白人女孩,条件也好,我这个同学完全可以选择很多更光鲜、能赚更多钱的工作,或者是踩在风口上的工作,但她就是扎扎实实的,在肯尼迪政府学院读完书之后,又回到美国国务院工作。我觉得她是一个很有使命感的人。

林主编: 肯尼迪政府学院会不会招收那种家庭非常普通的孩子?

许吉如: 当然,因为我就是家庭非常普通的孩子。

林主编: 你觉得他们为什么录取你?

许吉如: 他们认为我不会放弃用文字和语言去记录对时代和文化的观察,并且会尽可能传播给更多的受众。我觉得他们感受到的是一种责任。

薛笑访谈录

INTERVIEW

- 耶鲁大学硕士
- 教育公司创始人&CEO
- 全美华人"十大杰出青年"
- 《我是演说家》《一站到底》节目嘉宾

林主编：笑笑跟我认识很多年了。我们是在一场非常高端的峰会上见面的，大概是在2018年的一个中美高等教育峰会期间，当时笑笑老师采访、主持整个圆桌，有好几个来自世界顶级名校的校长以及院长。

我知道你之前考上了北京外国语大学，是一座非常著名的北京名校，但后来你又选择退学了，决定到国外去读本科，当时你是怎么考量的？

薛笑：我的经历可能跟大多数决定出国留学的家庭不一样，因为我上的是普通的高中，我的家乡在西安。上中学时，我从来没有想过出国，我想的是正常去考大学，然后研究生期间可能才会考虑出国这件事情，当时就报考了北京外国语大学。之所以报北外，是因为我家里人觉得我口才比较好，比较适合当外交官，然后那个时候学外语专业又很热门，所以就选择了北外。当年北外的分数是非常高的，基本上北京除了清华、北大，分数第三高的就是北外，全省只录了7个人，我是其中之一。在北外学的是语言专业，但是发现跟我想象的很不一样。

林主编：怎么不一样？

薛笑：首先，外交官的工作跟我想象的很不一样。它跟语言表达能力没有那么强的关系，所以这个工作其实并不适合我。其次，我发现学语言专业是非常有局限的，因为语言只是一个工具，我对未来感到非常迷茫。

当时唯一的方法就是看书，我读了大量的名人传记。当时有两本书很大程度上影响了我，一本是李开复的《世界因你而不同》，另一本是曾子墨的《墨迹》。李开复的书里讲自己考上哥大、卡内基梅隆大学，然后又去苹果、谷歌公司工作的故事。书里讲了一个很重要的概念，叫作follow your heart（追随你的内心），就是你要追随自己喜欢的事情。曾子墨的书讲了她从人大退学，然后去达特茅斯学院读书的故事。

我被他们书里面讲的那种教育经历所震撼。我觉得我自己的性格其实跟这两个主人公挺像的。如果我能有他们的教育经历，也许我的人生就会不一样。尤其羡慕的一点是，在美国的大一，你可以随意去学各个专业的课。

林主编：美国大学强调common course，通识课程。

薛笑：对，然后到了大二，你再去选择自己的专业。我觉得这是非常合理的，因为你不尝试那些专业，怎么知道自己适合什么？当时，我希望我的人生可以有第二次机会，做第二次选择，所以我就有一个大胆的想法，出国读书。我那个时候唯一的选择就是从北外退学，然后去读美国的本科。当然，产生这个想法之后，同学、老师都觉得我疯了，我家人也觉得我疯了。那个时候我非常坚定。

林主编：所以你当时是选择直接退学，还是拿到了offer之后再退学？

薛笑：我是在拿到offer之前先选择休学。其实这也是一个选择，因为要准备美国高考SAT，是需要付出很多时间的，然后我还需要在3个月内去突击上课、做题，那个时候其实不太可能去兼顾学校的课了。

林主编： 所以当时你既要准备SAT，又要考托福？

薛笑： 对，还得准备申请材料。大概准备了3个月的时间。我那时候把单词做成小卡片，正面写中文，背面写英文。我在我的视频上分享过这个方法，我第一天背100个单词，第二天背200个单词，第三天背300个单词。这样在短时间内把3500个SAT词汇从头到尾背了差不多三四遍。

林主编： 在把SAT和托福给攻克下来之后，你都申请了哪些学校？结果如何？

薛笑： 我的申请策略是有一些好的学校，有中等的学校，也有稍微靠后一点的学校，给自己留一些保底选择。最后申请到了6所名校，后来我选择去Rice（莱斯大学）。

林主编： 那是一所怎样的大学？为什么选择它？

薛笑： 我选Rice的原因可能跟很多人都不太一样。那个时候我也被加州大学伯克利分校录取了，它在国内更知名一点，但我当时的考虑就是想申请伯克利的人太多了，它的校园资源分到每个学生头上的就比较少。但我特别希望去一个每个学生都可以得到老师非常多care（关心）的学校。

Rice当时师生比应该是1∶6，可能是唯一一所跟哈佛、耶鲁差不多的学校，它被称为"南方哈佛"，然后它又有college system（学院制），这个跟《哈利·波特》电影里面的内容差不多，每一个小学院都有自己的院长，有单独的图书馆、餐厅、电脑室、自习室。我们上课的班级都非常小，就十几个人，学校的资源，个人非常容易就能拿到，所以我在Rice得到了非常多的机会。

林主编：到了Rice之后，你学的是什么专业？

薛笑：我学的是数学经济。因为经济学专业是外国人在美国比较好找工作的专业，也是比较容易拿到签证的专业，虽然我当时非常不喜欢这个专业。

林主编：你从Rice毕业之后，又去了一家500强企业。能分享一下这段求职故事吗？

薛笑：我在美国求职比其他人开始的时间要早得多，大一、大二就开始准备了，发了100多封邮件，然后约过50多个coffee chat（咖啡交谈）。

我一开始的想法其实是去咨询公司，但后来马士基这家公司来到Rice，这是一种缘分。马士基是全球最大的航运公司，也是丹麦最大的公司，占了丹麦GDP的很大比重，2021年为10.02%。当时他们的休斯敦办公室需要招人，我去了INFO session（信息咨询会），感觉非常不一样。

首先它非常多样化，我们那个strategy team只有十几个人，但同事们来自七八个不同的国家，非常多样化。公司的面试题很有意思，不是那种传统意义上的简单问问题，而是给你一堆数据和问题，让你根据这些信息去做分析。这个非常有挑战性，因为你要在短时间内快速了解这个行业，研究它，根据数据回答问题。它考验了你的学习能力、数据分析能力、表达能力等。然后你要把你的成果做成presentation，展示给面试官，面试官会假扮成难缠的客户，给你提很难缠的问题。因为我的冷静和回答的专业性，我成为第一个进入那家公司的中国人。

林主编：你后来又出于一种怎样的考量去读书了呢？

薛笑：马士基公司给我发了offer，但我是一个会做两手准备的人，所以我当时就想着尝试申请一下研究生。但是我不太想读学科性的硕士，而是想读一个MBA。但我知道没有工作经验是读不了MBA的。我上网查了一下，有两所学校是有这样的录取项目的，一个是哈佛，另一个是耶鲁。

林主编：我们知道耶鲁有一个Silver Scholar（银质学者）项目，你申请到了这个项目，这是很难的一件事吗？

薛笑：我是Rice第一个被Silver Scholar项目录取的人。大家知道美国MBA都需要你有5年左右的工作经验，而这个项目录取的是极其优秀的本科生，毕业以后直接去读MBA，相当于把这些学生一毕业就锁定了，所以它的录取难度比一般的MBA更高，当时这个项目基本在全球每年就录取十个人左右。

申请MBA，都需要准备一个考试，叫GMAT（经企管理研究生入学考试），难度非常高，一般大家要花一两年的时间去准备。我当时准备的时候还在马士基上班，所以基本上5点下班以后，就去咖啡馆准备这个考试。我准备了三周的时间，GMAT考到了760分（满分800分），全球前1%的成绩。

林主编：三周考到了760分，你是怎么做到的？

薛笑：这个是有考试策略的，我前面准备过那么多考试，所以我有一套自己的考试方法。尤其是如果你在短期内准备一个考试，那就一定要学会抓住重点，把时间用在刀刃上。GMAT分成语法、阅读、数学、写作四个部分。对于中国人来说，其实最难的是语法。因为GMAT的语法跟中国的语法是不一样的，有些在中文语法里正确的内容，在GMAT里是错误的；反之亦然。准备GMAT的时候要纠正自己一直学的语法习惯。我当时在全网找了一个最好的课程跟着学，基本上90%的时间都在准备语法部分。剩下的时间是准备阅读，阅读主要考察的是逻辑推理能力，碰巧我从小就比较擅长做逻辑思维这类题。我很喜欢做阅读这类题，对我来说不是很难。数学就没有进行太多准备，因为对中国人来说不难，GMAT考的分数高不高，拉开差距的还是语法部分。

剩下的工作就是准备文书。我当时申请了三个学校，一个是哈佛，一个是耶鲁，最后一个是芝加哥大学的布斯商学院。这3所学校都通知我面试了。我觉得我的申请文书写得很好，我自己看都会哭。

林主编：你那个申请文书是怎么写的？写了一个怎样的故事？

薛笑：MBA的申请是这样子的，它需要你有非常强大的自省能力，你要说明你从哪里来，你是谁，以及你要到哪里去。就像乔布斯说的"过往就像珍珠，你把它们串联成了一条线"。

林主编：所以整个申请文书，其实就相当于帮你进行一个人生的梳理，谁的经历比较丰富，足够能打动招生官，就能胜出，是吗？

薛笑：对，丰富、特别。而且你的经历要非常连贯，他们要看到你为什么去做这个，以及这个对你未来有什么帮助。

林主编：后来你如愿考上了耶鲁的MBA，进入了一个全新的课程体系。那是一种怎样的体验？

薛笑：我觉得我读MBA的时光是我此生压力最大、最累的时光。它有三层累。第一层，我们的课业压力非常大，每天早上8点开始上课，一直上到晚上7点。第一学期应该有十几门课，我们每两个月就有一次期末考试，作业基本上都得做到凌晨两三点。

第二层是我们找工作的压力特别大。考进MBA是为了找工作。所以那些公司基本上每天都会来我们学校开info session（宣讲会），那个是特别累的，基本上没时间吃饭。我应该投过几十份简历，而且每一份简历都要根据那个公司的情况去定制，录国际学生的又特别少。

第三层是活动。有各种各样的社团，比如drama（戏剧）、art gallery（艺术展览馆）、party（聚会），你能想象到的活动都有。

林主编：在耶鲁期间，你上了那么多课程，哪一门课给你留下的印象最深刻？

薛笑：negotiation（谈判）课。开始创业后，我经常会回想起那门课，教授会用自己发明的一套方式跟你讲怎么"分蛋糕"。

林主编：那门课让你得到的最大的一个长进是什么？

薛笑：让我学会在真实的商业社会里面，双方的利益到底应该如何分配。每次我只要遇到合作伙伴，就需要把课上的内容重新拿出来回忆一下。

林主编：你觉得这门课的精髓是什么？它的核心理念是什么？

薛笑：大多数人处理谈判问题会觉得是相互利益博弈，他多了我就少了，但这个课讲究的是共赢思维，看两个人在一起合作创造了多少更多的价值，然后把这部分价值平分。

林主编：除了这门课之外，你觉得耶鲁的课程中有哪些对你后来的创业以及就业有很大帮助？

薛笑：有一门选修课对我影响特别大，叫self leadership（自我领导），基本上把自我领导力的东西都讲完了，所以我现在上课的很多内容其实也是从那门课里面学到的。那门课当时让大家做了一个100天项目，就是一个你很想做但是一直没做的事情，课程教你坚持的方法。

我当时选的一个项目是公众号，并且坚持写了100天。那段经历是我做自媒体的一个初尝试，我写的第一篇爆文叫"从文科插班生到耶鲁MBA，一个有关勇气、选择跟坚持的故事"。当时在我公众号0粉丝的情况下，文章很快就获得了好几万的阅读量，然后被各大公众号转载，如Insight视界、Linkedin、奴隶社会、耶鲁的官方公众号都转载过。《人民日报》采访过我，《我是演说家》和《一站到底》节目组也邀请我去参加节目。关键是在我分享自己的经历以后，我收到很多读者留言，很多人就说，姐姐，我也想高三理科转文科，我也想做自己喜欢的事情，你的勇气真的鼓励了我，等等。我第一次意识到自己是享受做一个influencer（影响者）的，那段经历算是一个小小的萌芽，一个初尝试。

林主编：MBA毕业之后你是留在美国工作了，还是直接回国了？

薛笑：我当时收到了好几个offer，有美国联想的，也有国内的。我当时想，我一定要回国。

我在国外的这几年应该就是中国移动互联网发展最快的几年。国内日新月异，我觉得我不能一辈子待在这个地方，所以毫不犹豫地选择了回国。当时京东刚好在耶鲁有一个管培生的项目，我就先去做了那个项目。

林主编：你什么时候走上自主创业这条路的？

薛笑：我经历了非常多的探索。在京东做了大概一年之后，意识到自己不太适应那个环境，于是跳了出来。我当时拿到了好几家公司的offer，包括国内最火的那些互联网大厂，但是我发现没有一份工作是我想做的。然后就真的特别迷茫，所以后面半年我都没有工作。

林主编：后面怎么就突然间想开了呢？或者说是怎么找到一条新道路的？

薛笑：后来觉得不行，还是不能让自己闲太久。

林主编：那后来你去哪里了？

薛笑：我开始做抖音。那个时候没有来自名校的人在上面做。我每天就花一小时拍个视频，然后剪出来。发布视频后，很快就开始涨粉，已经累积30多万粉丝了。我给自己起的名字叫"耶鲁学姐笑笑"。我意识到自己最享受的事情其实是做内容分享。

林主编：这是什么时候的事？

薛笑：2019年5月。我找到自己的新方向后，开始做第一个创业项目，就是微笑读书会。我在创业第一年的收入就已经达到差不多百万了。基本上每年都在翻倍。

林主编： 那现在的盈利主要是靠这个微笑读书会吗？

薛笑： 没有，那是第一个创业项目，但是后来我很快发现这个创业项目是有问题的。问题就在于做社群不能做低价长期的社群，这注定是一个不赚钱、不讨好的事情。很多人一年花199元进一个社群，虽然我们提供很多的服务，但是你会发现很多人是抱着花几千块钱的心态去期待社群的服务的。维持一个社群一年的活跃度是非常难的，做低价且长期活跃的社群是一个伪命题。我现在基本上不做这种社群了，都是做短期的，比如训练营。

林主编： 那训练营满足了大家什么需求呢？

薛笑： 我们当时做的两个训练营是特别受欢迎的，一个是精力训练营，另一个是阅读训练营。精力训练营就是教大家怎么去提升自己的精力。成功人士有一个很大的共同点就是精力旺盛，不管是创业者，还是职场人，都需要足够的精力，这样才能做很多事情。大家一累，就会唤起那个痛点，所以我们做了一个30天精力训练营。效果非常好，就是在体能、情绪、饮食方面加以改善。几年以后我在线下遇到粉丝，他们还会跟我说那个训练营对他们整个人生状态的改变影响特别大。阅读训练营是教大家阅读的方法。我们去年推出了一个自我增值课，这个课特别受欢迎，是帮年轻人去找职业方向、天赋爱好，以提升赚钱能力。因为我发现现在很多年轻人都很迷茫，不喜欢自己做的事情，又不知道自己适合做什么，收入提升不上去。而我的理念一直是你要先找到自己喜欢且擅长的事情，然后考虑怎么把它和市场需求相结合，一是要了解自己，二是要了解市场的趋势，三是要有商业能力，我希望把这几个能力教给大家，让大家真正实现人生自我增值。

彭颖访谈录

INTERVIEW

- @剑桥学姐 Yoko
- 剑桥大学及帝国理工大学双硕士
- 福布斯 U30& 雅思 8 分
- 曾访学于斯坦福商学院
- 剑桥私塾主理人
- 专注国际教育领域 10 年

林主编：彭颖老师，你如何定义你自己？

彭颖：从小到大，我认为自己更像斜杠青年，未来也希望自己更"斜杠"，能突破自己的舒适圈，像谷爱凌一样实现全面发展。

林主编：你觉得自己是个传统意义上的学霸吗？

彭颖：我觉得不是。我父亲以前是物理教师，母亲是医生，弟弟是华中科技大学电气工程专业的，只有我学习文科商科。虽然我在文科商科方面稍微强一些，但学习起来还是比别人稍微吃力一点，所以要付出更多。2010年我上大学的时候还没有抖音、小红书这些平台，大家提升自己竞争力的方式大多是考公、考研、出国。现在和一起学传媒的大学同学聊天的时候我们也会讨论，如果那时候有这些平台，会不会大学期间就去做网红直播了？但是当时没有这样的事情，所以大家走向了各行各业。

林主编：从小到大，谁负责管着你学习？

彭颖：我父母都比较严格。湖北的父母对教育格外重视，我父亲对我要求也很高。我父亲当时南下创业，我母亲一个人带我们压力比较大，对我们也很严格。回想起来，父亲总希望我暑假寒假周末都在学习，时常向我灌输的思想是，要努力，以后才会有一个好前途。但母亲就觉得，不用把小孩逼得太紧，经常会说一些安慰我的话。在我看来，这种教育有利有弊。前段时间我和父母一起去参加了一个长辈的饭局，我父母和长辈们探讨出来的结果就是：读书决定了你的下限。如果不读书的话，就很难说了。

林主编： 你从小学到高中都是在哪里读的？那会儿的学习环境怎么样？

彭颖： 小学在湖北荆州麻口镇。我父亲是镇中学的物理老师，我在那里读到小学三年级，就转学到公安县了。到县里之后，我母亲就被调到县里的医院工作，父亲则开始下海经商。在县城小学里，我的成绩相当不错，最高兴的时候就是在学校领各种奖状的时候，家里整面墙都是三好学生奖状。初中阶段我有点偏科，当时遇到了一个特别凶的数学老师，发起火来会撕本子、骂人。其实那个时候，在县里这很正常，但对于当时的我来说是有一点心理阴影的。我爸知道后，初三那年就给我转到了另一所中学。

林主编： 求学这么多年，你觉得什么是好老师，什么是差老师？

彭颖： 好老师应该是负责任、有亲和力的，不能非打即骂。如果遇到了非打即骂的老师，可能会影响学生对学科的兴趣。至于我当年遇到的数学老师，可能他本意是好的，但他脾气很大，这种方式并不合适。那会儿我家条件不太好，所以我平时会买菜和打理家务，独立性也比较强。在前段时间的一个饭局上，我本来想的是走入社会之后就不太看重学历成绩了，而是看工作能力。但是那次我父母就说，小时候学习还是蛮辛苦的。

中考的时候我语文取得了111分的成绩，满分120分，在全县来说名列前茅。高中文理分班的时候，我被分到了学校的重点文科班。那时候考武汉大学是很有难度的，文科班名额也很少，消息闭塞，对于出国留学的事情我一无所知。我的家人当时在广州，弟弟在我初二的时候出生了。我读高中时早上五六点就起来跑操，像衡水中学一样，晚上十点多下自习去打热水。学校没有暖气、空调、洗衣机，洗衣服的时候冻得手上长了裂口，鼻炎经常发作。当时很多同学是农村考来的，家里带的衣服不够多，我还把羽绒服借给他们穿。我那会儿觉得自己就是典型的留守儿童、小镇青年，一年才见我父母一两次。

我曾经复读过一年。第一年高考的时候，我告诉父母我想参加传媒艺考，但是当时家里人不了解，就错过了一年。第二年我参加了传媒艺考，英语考了将近130分。我第一次去网吧是在第一次高考结束之后，那时我和一个在英国读书的同学用视频通话，我突然意识到，还可以去国外念书。视频通话的时候，我这边是黑夜，他那边是白天，我第一次感受到时差的真实存在，感觉很神奇。我从小到大都很有野心，家里没经商的时候，我也想着要有自己的事业。我们湖北有办升学宴的传统，亲戚朋友之间也会有学习上的比较。

林主编： 当时出国之前你做了哪些准备？

彭颖： 最初，我父母对于出国念书是不太同意的，觉得不太安全。但是当时受到其他去美国读书的亲戚影响，父母还是点头了。我本科在湖南师范大学新闻与传播学院，那时候学校有去美国密苏里大学交换的项目。密苏里大学有全美最早的新闻学院。

这个交换项目要求雅思7分，学习压力很大。我参加了很多雅思封闭集训，无论是线上课还是线下课，市面上所有种类的课程我基本上都尝试过，最后找了一个非常好的一对一老师，每天通勤三四个小时去上课。

到了上帝国理工的时候，我在学校等待帝国理工的面试，那个时候是过年前一两天，宿舍里就剩我自己了，我就扯了一块床单当作背景布。在文书中我提到了自己以后想从事时尚行业，考官在面试的时候也提到了。我是按世界排名来申请学校的，我拿到了很多学校的offer，比如伦敦大学、港大、墨尔本大学。2014年被帝国理工录取后，我觉得自己离牛津、剑桥也就不远了。可能也是出于这样的想法，我后面还是去剑桥读书了。

帝国理工的同学学习都很努力，期末的时候连着考，没有缓冲。我准备考试的时候每天只睡四五个小时，英国的水质又比较硬，头发掉得很厉害，压力太大，导致生理期紊乱，家里人还带我去检查身体，看是不是身体健康出了问题。在帝国理工的时候有一段时间的迷茫期。2015年临毕业那会儿，同学们都在忙着找工作、回国、谈恋爱、实习，像我这样继续申请学校的人很少。我那会儿读商科，同学们可能都倾向于实干型，想寻找实践机会。

从帝国理工刚毕业的时候，我就感受到了同龄人的压力。帝国理工的同学很多都已经上班赚钱了，我父亲工作也很辛苦，我刚毕业，20出头，就觉得是不是应该自己做些事情，不能再拿家里的钱了，也想看一下自己的工作能力。所以就出来创业，以

"帝国理工"的名义做了一家机构。刚创立机构的时候很辛苦，"扫楼"、在广州大学城发传单，忙的时候就睡在办公室里。

2015年，我拿到了剑桥大学艺术教育专业（Arts Education）的硕士录取通知书。面试我的就是我们系的一个很有名的教授，我当时和她聊到，从人文社科的角度来说，剑桥的排名和名声都是很好的，这也是我选择剑桥的原因。当年在帝国理工的时候，我就觉得自己能够到剑桥读书，现在我终于如愿去剑桥读书了，有一种"念念不忘，必有回响"的感觉。

工作几年后，2020年，我又拿到了剑桥大学文化研究专业的offer，那一年刚好碰到新冠肺炎疫情大暴发，我本来雅思是考了7.5的，但这个雅思期限不能覆盖到开学的时候，只能覆盖到签证期，9月就过期了，然后就临时让我去重新考。几个月的时间，其实是有一点措手不及的，但是开弓没有回头箭，付出了99步，就差一步了，我当时想着我一定要把这个事情给啃下来。我家里人觉得我很辛苦，那时我已经参加工作了，他们就说，要不算了。我当时想到坚持这么久怎么能算了呢，就是那种劲上来了。

我当时也很拼，国内没有考点，考场全关了，我就自己去了柬埔寨。要不是为了这个考试，我绝对不会来这个国家，因为对于这个国家我其实是很害怕的。果不其然，我遇到了飞车抢劫，美元、电脑和包都被抢了。我不敢去外面的图书馆或者咖啡店学习，害怕再被人盯上。那边总共就两个考点，经常开关不定，本来说开的，一下又关掉，我就有点忍受不住了。因为我的时间宝贵，是花钱买时间来这里的。6月的时候，我看到迪拜开了考点，就又买了一张机票。当时机票很难买到，比平时贵好几万，从韩国转机去到迪拜。迪拜的考点确实很多，我记得我住在迪拜的老城区，因为外面温度太高了，四五十摄氏度，我就一直在酒店里学习。

其实读研究生一直都是我自己的想法，当时很盛行大学生毕业就失业的说法。我父亲对我最坏的打算，就是在广州开一家服装店，他们甚至在广州买了一栋写字楼。后来在帝国理工那一年，我找了个实习，是一家求职公司。后来发现其实做教育行业也不错，而小时候我对教育是抵触的，因为我爸妈做过老师、医生，我就不想从事这个行业。在迪拜考雅思我考到了8分，也如愿上了剑桥大学，当时有很多亲朋好友、老乡、校友、同学家长问我："雅思考8分，怎么考到剑桥大学那么好的学校的？"教育是很需要信息差和资源的，我在这方面有比较好的平台、经验和背景。2014和2015年我有了这个想法，2016年就在国内注册了公司。后来，为了缅怀纪念我的母校，我又在广州开了一家私塾——**剑桥私塾**。

林主编：你从英国剑桥毕业时，当时英国的研究生毕业之后能留下的人多吗？

彭颖：其实关键还是看个人的工作能力，只要努力想方设法留下来，华人的企业也是可以留下来的，或者自己创业也行。但是如果想进大公司或大厂，可能比较困难，毕竟需要办理工作签证，老板也更倾向于招本地人。2020—2021年我完成剑桥学业后，就回国了。

林主编：你后面也在帮很多同学上名校，你觉得具备什么样的背景和素质的孩子能上名校？

彭颖：我觉得首先量化成绩要高、要好。美国比较看综合实力，逆袭的case（案例）也很多，二本、三本考上哥大的也有，英国就比较看重985、211这种排名。留学也有一点运气成分，比如面试发挥之类。

林主编：留学过程中，你找中介的时候他们说你不行，当时他们是基于什么得出这样的结论？

彭颖：我上大学的时候，也就是在湖南师大时，我出去找中介，他们就说你的学校没有湖南大学、中南大学好，申请不到什么好学校，而我对自己的学生会多给予鼓励，希望能帮他们申请到更好的学校。

林主编：未来几年，国际教育的形势发展会怎样？英国的大学会招收更多的中国留学生吗？

彭颖：我觉得不会。我记得我在帝国理工读大学时，我们管理系有三个班，每个班大概一两百人。等到下一年，2015级的同学就合并成了一个班。后来我才知道，其实是因为我们老师想确保教学质量，所以不再招收太多学生。而且大家的水平都越来越高，他们只挑选最优秀的学生，门槛会不断提高。

作为一个小镇青年和草根创业者，从小时候的留守儿童一步步走到现在，我吃了很多的苦，也赚到了第一桶金。创业一直都是孤独的，只能一直尝试用各种不同的方法进入市场，也只能靠自己来完成迭代和成长。就像最近贾玲的一部电影中的女主角一样,她也是32岁,正如电影主题曲所唱的那样,"人生已经过了一半,爱自己一切都还来得及",要好好爱自己。人生就像一本书,我就是一本32岁的书,术业有专攻,每个人都是不一样的烟火。

接下来,我和我的团队将继续努力做好剑桥私塾和剑桥学姐Yoko的视频号和直播。企业总部位于广深,伦敦香港北上有办事处,团队均为牛津剑桥常春藤世界名校校友导师。在雅思托福、留学申请、游学和移民方面都有丰富经验,我自己也申请了香港优才计划,每年寒暑假也会带学生家长、企业家们去牛津、剑桥、哈佛、斯坦福游学。作为一名连续创业者,我回顾了自己近十年的教育生涯,我曾受邀出席剑桥大学优秀校友分享活动,也成功在中山大学、华中科技大学、帝国理工华南校友会举办过学术讲座。个人和企业曾获得新华社和电视台粤港澳大湾区企业报道。我目前是湖南师范大学(211高校)和深圳技术大学的客座讲师,也荣获过全国国际教育新锐人物的称号。我的动力源于为自己和家人创造更好的生活,以及强烈的改变命运的心。

我去过三十多个国家,我认为有条件的同学都可以去外面多走走,哪怕是游学、旅游也好,只有走出去才知道当下看到的并不是全世界。

最后,我祝愿同学们身心健康。

李子康访谈录
INTERVIEW

- 2023年度福布斯中国最具影响力华人 Top100
- 英国白金汉大学工商管理硕士
- 白金汉大学中国校友会会长，月台残障论坛创始人，英国熊猫教学咨询有限公司创始人，中英创新创业联盟常任理事长
- 在加拿大和英国设立两项专项奖学金

林主编： 子康介绍一下自己的教育经历吧。

李子康： 我是李子康，广东省东莞人，现居东莞，来自四口之家，有一个正在读高三的妹妹，也是个留学生。大概我三四岁的时候，因为我需要做康复治疗，父母将家搬到了广州，所以到我18岁出国前这一段时间我都是在广州度过的。

对我来说，我的义务教育阶段有几个心路历程，或者可以理解为几个心理阶段。首先，我非常幸运，我作为一个特殊的孩子，能够在广州进入一所普通的小学学习，同学和老师也比较照顾我。在小学阶段，我不上体育课、不参加升国旗仪式，当时年龄较小，并未发觉自己有什么特别之处，所以我从小的心理建设其实跟普通人差不多。

我小时候不是学霸，小升初时可能运气好，我考进了一个普通初中的重点班，但在那之后，少年的叛逆心理和学习压力就上来了。比如，会听到一些嘲笑，因为我的成绩有些偏科，除了英语成绩不太掉队，其他科都比较弱。但重点班还是很看重整体成绩的，所以我在整个初中学龄段心理压力较大，常处在压抑氛围中。

虽然我的状态不太好，但当年我的中考成绩在560分左右，过了广州普通高中的录取分数线。但是，我是东莞的异地考生，各种原因所致，最后我没有选择上高中，就在当地上了一所职业学校。

树挪死，人挪活。可能因为换了一个相对轻松愉快的学习环境，我在广州读了一年半的职业学校，感到非常舒适和快乐，也在进入职高一年半时通过了两次公共英语的测试，成为学校的特例，拿到了职业学校的英语口语演讲比赛的一等奖，并辅助师姐通过了公共英语考试。小有成就后，我不甘心，认为自己不该就此沉沦。我产生出国留学的想法，源于一个认识多年的初中同桌。他向我提出留学的建议，让我换个环境适应一下，去尝试不同的生活。我当时出于对身体状况的考虑，对留学这件事抱有怀疑的态度。后来他和我一起做了很多的调研工作，发现在哈佛、牛津、剑桥的一些天才身上，有很多像霍金这样的励志故事。看到这些，我想我为什么不能成为他们中的一员呢？或许可以一试。

回到家我就跟我父母提及了这件事，他们说："先别说你能不能毕业，你去到国外能不能照顾好自己，会不会做饭，能不能活着都是个问题。"因为生病，我从小就没离开过父母，当时一冲动就说出了一句："你把我留在身边，可以把我照顾得很好，但有没有想过二三十年后你们老了，我会是什么状态呢？如果失去了你们的庇护，我还能不能活呢？我的人生可能不止二三十年。"最后我父母也想通了，他们帮我去做自理的日常训练，我甚至学会了烹饪，能做到这些事情，我也为自己感到骄傲。

此后我参加了课外的英语补习班，达到了一个更好的英语水平。恰好在2015年的时候，我表弟去加拿大留学。我妈听说后对我说："你要不也一起去吧，毕竟是亲戚，也有个照应。"然后我就去了。但我们不在同一所学校，平时除了周末，见面次数不算太多。等我去到那里，发现加拿大有一些无障碍设施，那里的人文环境，挺适合残疾人留学生的。

北美的学制也挺好，是学分制，我是在加拿大读的高中，修满30个学分就可以毕业。因为我在国内已经读了一年半的职业学校，相当于高一，如果再从高一开始读起，可能有点浪费时间。所以我就转到一所私立学校，从早上9点上到晚上9点，用两年的时间修了三年的学分，之后顺利毕业。

至于为什么没有留在加拿大，是因为一年之中，那里有半年甚至7个月都在下雪。我出行需要依靠轮椅，如果室外下雪，轮子陷在雪泥里就出不来了，而且晚上下课，路边都没人可以帮忙。所以我高中毕业之后，就转到爱尔兰读了一年大学。

选择去爱尔兰，一是它同属英联邦的体系，而且爱尔兰承认加拿大的高中成绩单和毕业证，学费成本、生活成本比英国低一点。我被都柏林大学录取后读了商科，但是读了一年又走了，主要还是气候原因，那里不是下雪，就是下雨，出行很不方便。而且我住的宿舍离我上课的地方不算近，而我又走得慢，来来回回要一小时。一旦下雨，我两只手去推轮椅，就没有多余的手去打伞，经常变成落汤鸡，所以当时的身体状况也不太好。

当年七八月份的时候，我在爱尔兰遇到了70年一遇的飓风，还有冰雹等各种自然灾害。其实老师对我很好，那边经常做火警演习，每次都会带着我，甚至把我背下来。我问老师明知道这是演习，为什么还要这么辛苦把我背下来？他说："I won't leave you alone."（我不会放弃任何一个学生。）他觉得这是他的责任。

之后我咨询了一个我在爱尔兰的老师，他推荐我到最终毕业的这所学校，就是白金汉大学。这所学校在国内不太出名，却是英国唯一的私立大学，和英国皇室有一些合作，在当地的声誉还不错，学制是两年制本科。这个老师帮我写推荐信，把我推荐到这所学校去了。

我利用在都柏林周末的时间，去了一趟英国。看了一下大学的情况，我觉得这所学校虽然小了一点，但是很有英国经典小镇的感觉。我喜欢这里的环境，也查了一下当地的气候，并不怎么下雪。因为英国经常下雨是没法避免的，所以只要不下雪，没有大风，没有极端的气候环境，我就觉得挺好。2018年，我从爱尔兰转到英国去读这所学校。2019年的时候就稳定下来了，我和几个学校的同学一起商量我们有没有一些项目可以做。

我们学校有孵化器，也是英国第一所本科推出Business Enterprise（商务企业学）课程的学校，有整个体系的扶持。我们初始团队三个人都是同学，就去看看我们究竟能干什么，最后还是选择了比较传统的留学申请服务。我自己有一个情怀，因为我毕竟是一个残疾人，所以在做普通的留学申请服务之外，我自己也做了一个帮助中国残疾学生出国留学的计划。我的加拿大和英国的两个母校帮了大忙，都给我们设立了专项的中国残疾留学生奖学金。我还获得了英国、加拿大两个国会议员的嘉奖，在社会上产生了一些影响。

但我建立公司的时机不太好，2019年5月的时候成立，同年

12月圣诞节的时候回国来做宣传，到各个学校去做演讲。但是从中国回英国的时候，新冠肺炎疫情暴发，所有的事情都被打乱了。很多有留学需求的残疾人找到我，毕竟他们能够接触到的信息比较少。在聊天过程中，我发现，他们的教育问题，可能来自生活，包括康复的一些事情，是一种碎片化的存在。其实当时在英国的时候有两个教授想投资我们，意思是"我给你钱，你把这个事情做出来"。但是后面一想，这个事毕竟跟国内的残疾人信息相关联，我并不想把这些残疾人的信息跟国外的一些机构去共享，所以就拒绝了他们的投资。

我们这个项目后来得到了东莞当地，也就是我家乡的一些支持，包括残疾协会、中残联的一些组织关注到了这个项目，给了我们一些支持和帮助。一些市场调研的工作，我们也是依托中残联来获得一些数据和知识。这些组织能给你名头和支持，但很难提供资金上的帮助。所以这个项目最后就搁置在这里，我们也想找一些公益的创投把这个事情推动下去，但是目前比较困难。

2020年我参加了一些互联网创业比赛，幸运的是，每次项目我都能够进入决赛，比如进入全英决赛、第16届中英创业大赛决赛，入围春晖杯。我还获评了2022十大华夏公益项目，受邀在英国上议院、全英学联发表演讲。在此过程中，我被更多的创业者所认识，之后就有一些国企机构想跟我合作，去做从零到一的创业项目孵化工作。我自己一个人的力量终究太小，所以我在2023年4月联合了埃克塞特大学、卡迪夫大学、萨塞克斯大学的几个大学校会，联合做中英联合创新创业联盟（SBIEA）。我们还和深创投旗下的二级创投集团在欧洲成立了一个孵化中心，帮助他们去做一些孵化工作，协办部分创新创业的大赛。除此以外，就是去做一些政策宣导的工作，所以我们现在又有创业导师的身份。

8月份的时候我突然收到外婆中风的消息，立马从国外赶回来探望她，从那时到现在都留在国内，在东莞这边做一些帮助残疾人的科创、公益活动。

林主编：你觉得你的留学经历和你在国内求学的经历最大的不同点在哪里？你刚刚提到加拿大对残疾人的人文关怀和各种相关基础设施，这些方面国内外有哪些比较大的不同？

李子康：有的，特别是你作为一个华人，而且是残疾人，在这种小众群体里，去融入各个国家的时候肯定会有一个过程，不可能一蹴而就。哪怕任何人想帮你，你也要一步一步走，一步一步去沟通。目前我回到了东莞市残联下属的东莞市康复医院工作，开始什么都不懂，但是我的同事给了我很多的帮助，我的领导给了我很多指导和关怀，慢慢地从零做到一。可能我是中国人，我觉得中国做得比国外要好一点，国外在这方面讲究效率，直接把你生拉硬拽上去。但是在国内，有更多的人文关怀。或者说国外的人文关怀，我作为一个外国人，可能感受没有那么明显。我从很多同事、朋友和领导身上，感受到的这种关怀是真真切切存在的。

林主编：最后，你想对有类似境遇，患有残疾的留学生说点什么呢？

李子康：人生是从医院开向坟墓的列车，重点不是速度，而是旅途中的站点，这也是我给我的项目取名月台（月台残障论坛）的原因。我希望残疾人无论到了哪个人生阶段，该下车的时候就要下车，要去看看周围的一些环境、一些风景，不能封闭自己。在月台残障论坛，脑瘫、肢残等诸多残障人士都可以畅所欲言。为了提供更好的帮助，论坛构建了专业性知识科普和主题讨论两大板块，并邀请了行业知名协会和优秀社会机构入驻。

可能有的人比较自暴自弃，但我还是鼓励一种积极的生活状态，该学习的时候学习，该工作的时候工作，该谈恋爱的时候谈恋爱。

每个人生阶段，都会有很多人上这列火车，比如义工、治疗师，他们可能也会去了解你。但最重要的一步是我们要走下月台，站到站台上去，向人生的各个目标前进。每个人的共同终点都是坟墓，但是对于怎样度过这一生，我们有自己的选择权。

夏庚丰访谈录

INTERVIEW

- YouFun 留学创始人
- 哥伦比亚大学应用语言学硕士
- 数万美元奖学金获得者
- 希望帮助 7000 个家庭的学生出国留学

林主编：你的经历很特别，你之前是在国内读的本科，之后又转到美国继续读本科，是直接放弃国内的本科吗？为什么？

夏庚丰：当时我在国内读的是一所很普通的双非院校，但是每年都是年级第一，所以得到一个去美国的机会。一开始我只是去美国交流，后来直接转学到科罗拉多州立大学，学校在全美排名120多位。当时考虑到可以用三分之一的奖学金去美国读本科，想试一试，所以就放弃了国内的本科学位。

林主编：在本科期间去美国学英语专业是什么样的感受？

夏庚丰：这种感觉就像一个美国人来到中国学习中文、学习古代汉语一样，他还和大家一起参加考试，最后居然还取得了不错的成绩。我刚开始上课时是完全听不懂的，上第一节课English literature（英语文学）时我就晕了，英语文学老师讲的是莎士比亚、拜伦的诗歌，还讲十四行诗。我当时感到疑惑，出国学一堆诗词歌赋到底有什么意义？

林主编：你当时觉得留学有什么意义？

夏庚丰：当时觉得没有什么意义，回来后才发现有意义。因为我是做留学申请的，在本科期间就兼职做文书。后来发现把文学的元素放到文书中效果非常好，所以就一直做留学方面的工作了。那时，我曾把学生送到康奈尔大学等名校。后来我读了哥伦比亚大学（以下简称哥大）的研究生。有了名校背书之后，接的case（案例）就更多了，在美本、美硕及英硕方面都有成功的案例。

林主编：有没有一些学生案例让你印象比较深刻？

夏庚丰：我曾帮助一个学生从雪城大学转学到康奈尔大学读本科，他父母都很感谢我。但那时因为新冠肺炎疫情，去康奈尔大学有所不便。因为康奈尔大学和清华大学有合作，联合创立过一个项目，国际新生可以在清华大学参加线上和线下课程，那个学生就去了清华大学。这件事让我挺有成就感的。

林主编：留学的时候除了指导之外，有没有发生过一些趣事？

夏庚丰：趣事太多了。本科期间我们学校有裸跑活动，大家在考试前一周会脱光衣服在校园里奔跑，释放压力。有些人真的脱光了，我在朋友圈里看到大家真的很开放，不过我没参加。

有一次在纽约地铁，一位黑人过来和我打招呼，在我面前跳了一段舞，然后把帽子拿下来问我能不能给他一点钱。

还有一件让我印象比较深刻的事情。我在哥大的时候，有一天中午11点我去取钱，取出来后发现有两个人盯着我，于是我不敢取了，又把钱放回去了。在我看来，纽约这座城市让人没有安全感。哥大位于曼哈顿的上城区，紧邻哈莱姆区，这个地方社会治安不太好，晚上10点以后就不要出门了。

林主编：作为资深的留学生，留学前都做了哪些准备？

夏庚丰：当年没做准备。我直接跟我爸说要出国留学，说这是合作项目，可以省学费，学校还给了我三分之一的奖学金，加起来有几万美元。我爸问我预算是多少，我算了算，一年最多花费30万元人民币。结果读到一半没钱了,最后我爸卖了两套房才补上这个空缺。所以我建议大家出国留学前一定要做好预算,量力而行。

林主编:我们都知道纽约的大学学费是比较高的,大学与大学之间的学费相差得也比较大,你能不能跟大家简单分享一下这方面的信息?

夏庚丰:我是做留学这方面工作的,所以比较清楚。前几天刚给一位家长查了纽约大学金融专业的学费,一年大概需要80万元人民币,这是今年官方最新公布的学费。如果算上生活费,去纽约的大学读本科至少需要300万元人民币,而且每年学费都会增长8%—10%。

林主编:你觉得除了像纽约大学这种学费相对比较高的之外,有没有其他性价比更高的大学?

夏庚丰:我觉得性价比最高的就是去英国读大学。英国一年制硕士含金量很高,也有认可度,而且一年就能读完。很多人说英国一年制硕士是水硕,以我的经验来看,英国G5(英国媒体报道的5所精英学校——剑桥大学、牛津大学、帝国理工学院、伦敦大学学院和伦敦政治经济学院的并称)一年制硕士写的论文不一定比国内985大学3年制硕士写的论文差。另外,英国一年制硕士回国后工作两三年就可以成为主管,而国内硕士生可能才开始找工作。

林主编:你会如何给一个高一女生做留学规划?

夏庚丰:首先要想好是走公立学校路线还是国际课程路线,

是IB（为全球学生开设从幼儿园到大学预科的课程）、A-Level（英国高中课程）还是AP（美国大学先修课程），然后确定国家。如果真的要做完整的规划，可能一整天都说不完。但是从短期来看，最重要的是完成自己的学业。留学没有绝对的最佳时间，如果资金充足，本科期间就可以留学；如果资金不充足，就等到读研究生的时候再留学。

我在国内和美国都读过本科，两者是有很大差别的。国内本科注重标准化考试，美国更重视个性化发展，要求大量的阅读。一些学校甚至会专门开设一个属于你的专业，你可以自主命名。另一个区别是，国内的学生是为了工作而上学，但美国的院校更多的是鼓励学生做自己、成为自己。在国内，很多人读金融或计算机专业，是为了将来能找到一份高薪工作。但有时候，你去一个名校读一个小众专业，可能对你的个人成长加持会更大。

林主编： 你觉得出国留学是选专业重要还是选学校重要？

夏庚丰： 我认为对于商科和人文社科的留学生来说，好学校的头衔很重要。尤其是现在国内就业这么"卷"，大家都看重名校，所以你需要有个名校的头衔。但是申请的时候你会发现，名校比较冷门、小众的专业更容易申请下来。如果你要选专业，那学校可能就差一点，所以我认为商科和人文社科的留学生选学校更重要，理工科的留学生选专业更重要，因为很多人将来有可能要读博士。

林主编： 你考的是雅思还是托福？有没有什么备考经验？

夏庚丰： 我大二时考的托福。我本科学的是英语专业，在美国学的是语言学，我一开始认为这可以让我成为英语母语者，结果发现并不行。作为一个语言学专业的学长，我建议大家学语言一定要每天用，给自己创造使用语言的环境；要多和外国人交流，多参加外国人组织的活动，这相当于主动创造了语言环境。除此之外，在很多社交App上可以找到外国人并和他们免费交流，这也是很好的学习方法。

林主编：你在学语言学的时候，有特别有意思的某种语言或者某门专业课吗？

夏庚丰：专业课advance syntax（高阶语法课）特别烧脑。教材是乔姆斯基写的，乔姆斯基相当于语言学界的乔布斯。计算机科学的基础课程会涉及乔姆斯基体系，比如现在很火的ChatGPT，就是他那个专业领域的人士所奠基的。

林主编：你在哥大念书的时候有没有转专业？在那读书有没有一些新的感受？

夏庚丰：美国的院校是可以转专业的，我一开始就转了，因为英语专业太难了，学的那些东西都听不懂。我第一次考试得了63分，在那里没到70分就会挂科，是毕不了业的。如果我继续待下去，可能就毕不了业了。

林主编：如果在美国挂科了会怎么样？

夏庚丰：本科期间你挂一两科还行，挂三科就毕不了业了。研究生是80分以下算挂科，有一门80分以下就毕不了业了。科罗拉多州立大学是这样的，所以不敢挂科。我有两个同学挂了一科，觉得无所谓，结果学校跟他们说不用再来上学了。

林主编：据说从哥大或者其他学校毕业很难？

夏庚丰：虽然这些学校看起来毕业率都很高，但这并不代表容易毕业。很多普通学校的毕业率高，也不代表它们和一些藤校相比就容易毕业。因为毕业率高的学校学习也很辛苦，比如清晨5点才休息，上午10点就要起床。

林主编：你留学的时候，有想过留在美国工作吗？

夏庚丰：当然是想过的，我2021年5月毕业，2020年3月就回国了，因为新冠肺炎疫情期间纽约的情况比较严重，我考虑到生命安全，最后决定还是不留在美国了。我建议大家不要只看眼前，如果你想留在美国，就要做长远的打算。

我当时若想留在美国，有两个选择。第一是走高端路线，去联合国实习，再做3年全职。由于薪资特别低，可能在纽约都生活不下去。我觉得那种生活太苦了，或者说我没有那么高的境界，就没有去。第二是读博士，博士在美国是可以免抽签的，如果拿到了教职，就可以直接在美国工作了。博士可以读东亚文化研究系，在美国教中文和日语，这样更有竞争力，但薪资很低。

林主编：你自己创业的心路历程可以跟大家分享一下吗？

夏庚丰：首先是老东家给的机会，当时我做集团管培生轮岗，接触了各方面的业务，之后就开始做自己的公司。其实有一点后悔离开老东家，因为创业不容易。创业前的一天我跃跃欲试，很兴奋，但是创业第一天我就有点后悔了。不过，开弓没有回头箭，只能每天给自己打强心针，跟自己说没问题。

林主编： 你觉得创业给自己带来的最大改变是什么？

夏庚丰： 更自律、更自觉了，也更注意省钱了。当时和我妈一起买的房子现在将就住着，奢侈品不敢买，吃饭控制在15元以内。

林主编： 你之前在纽约的时候有奖学金，当时的生活和现在的生活会不会有一种割裂感？

夏庚丰： 那个时候也很苦，虽然有奖学金，但是生活费不多。我们家就是普通家庭，属于工薪阶层。所以对我来说，去纽约读书，一定要学会省钱。当时我一边拿奖学金，一边尝试把握其他拿奖学金的机会。

林主编： 关于拿奖学金，你有没有什么经验可以跟大家分享？

夏庚丰： 第一，不管什么奖学金，都要把握机会。官网上有很多奖学金项目，可以海投，总有一个合适的。

第二，有一些奖学金对学习成绩有要求，所以要保持优异的成绩。

第三，要学会写奖学金申请信，有些奖学金需要学生递交申请这笔钱的理由，最好能写得非常感人。

林主编： 你觉得像哥大这样的名校比较喜欢录取什么样的学生？

夏庚丰： 哥大喜欢既有领导力又多元化的学生。研究生阶段录取的人比较多，只要GPA（平均学分绩点）达到3.7，托福考到105分，GRE（美国研究生入学考试）考到325分，再有两段实习经历、一段科研经历，被录取的机会就很大。

林主编：你写过很多申请奖学金的文书，也指导过别人写文书，你认为什么样的文书是比较好的文书？

夏庚丰：好的文书首先不能写得想当然，其次就是不能太恃才傲物。有些人喜欢班门弄斧，用高级的词汇，故意用一些难词，其实是没有必要的。最重要的是要把自己的真情实感流露出来，在你所有的经历中找到亮点，然后串联成故事线，什么该写什么不该写，要有轻重。

林主编：你辅导了这么多学生，你觉得中国留学生想要出国留学，有没有什么值得借鉴的经验，或者避免踩的"坑"？

夏庚丰：我当时是自己规划的。现在的学生自己规划也可以，但是有很多"坑"。比如，自己很难把握时间节点，有人拖延症严重，有人托福、雅思成绩不合格，有人GRE成绩不合格……

另外，单纯从官网上获得的信息其实不全，很多学校信息只有中介老师才知道，如往年录取案例、录取情况等，他们有案例数据库，信息更翔实。而且中介老师的经验非常丰富，可以确保你不会选错学校，避免高分低录。

林主编：你觉得学生应该怎么做才比较好呢？或者说你有没有一些案例可以帮助他们？

夏庚丰：要找一个靠谱的中介老师，这会帮学生省下不少时间。我在"哥大老夏留学规划"这个抖音号上给大家介绍过"30问中介老师"，可以看出老师负不负责。比如，看文书质量，可以和老师进行深入的沟通；看收费，可以对比其他机构，看清楚服务内容；看有多少个人提供服务，有些中介只有两个人提供服务，一个是前端的顾问老师，另一个是后端的文书老师，而好的中介会有多个老师给你提供服务等。

林主编：一开始你觉得留学是没有意义的，现在你怎么看这个事情？

夏庚丰：现在我觉得非常有意义。留学经历让我拿到了国内的高薪，并通过创业帮助了更多人。我当年就是没选对专业，我觉得帮别人选对专业是非常有成就感的事。

未来10年我想做来华留学赛道，让更多的外国人来中国留学，让更多国外的学生学中文。做中外文化交流的使者，是我的梦想。

林主编：你觉得留学花这么多钱对于一个人、一个家庭来说到底有什么价值？

夏庚丰：砸锅卖铁去留学要慎重，要卖自住房或者贷款留学的就不要考虑了。留学回本要看硬性价值和软性价值。

硬性价值就是你的工资在不出去和出去两种情况下的差值。软性价值就是你见了什么人，你因为见了这个人而改变了一个观点，最后你从事了不一样的行业，境界是不一样的。我认为硬性价值、软性价值都要看，但每个学生的价值评定标准是不一样的，有些人看重软性价值回报，有些人则不看重。

林主编：你觉得留学是投资还是消费呢？

夏庚丰：对于富有的家庭来说，留学是投资；对于贫困的家庭来说，留学是消费。因为投资是不用担心生存的，这笔钱不会影响日常的生活。但是有一些家长为了把孩子送出去勒紧裤腰带，这影响了他们的生活品质，他们又看不到未来的收益，这就是消费行为。

林主编：你有没有第二人生规划？如果不做教育、不创业的话，你会选择做什么？

夏庚丰：我很笃定自己会做教育行业，因为这是一个能改变人、塑造人的行业，我觉得自己不会去做别的了。

林主编：想对10年后的自己说什么？

夏庚丰：我觉得这10年要做自己，趁着父母还年轻，身体也好，自己还没结婚没孩子，多去闯去试。10年后我可能会对自己说：我非常高兴你10年前做了那样的决定。

林主编：反过来，你想对10年前的自己说什么？

夏庚丰：10年前我才高二，我想说：考不好也没有关系，高考并不是最重要的，它只是阶段性分流，是金子总会发光，总有一天我们会在顶峰相见。

林主编：最后你有没有什么真心话想跟大家分享？

夏庚丰：我希望大家坚持自己所爱，做自己喜欢的事情。You don't have to work every day. So if you do something that you love, you don't have to work every day. You enjoy your life. Work as life.（你不必每天都工作。如果你做着你所热爱的事情，那你就不必每天都工作。你要享受你的生活。工作就是生活。）加油！

Nini 访谈录

INTERVIEW

- 知名国际教育领域专家
- 本科考入普林斯顿大学
- 曾任普林斯顿大学华北地区校友面试委员会主席
- 顶尖私立寄宿美国高中泰伯学院现任校董

林主编： 美国本科（以下简称美本）的火热和2000年左右《哈佛女孩刘亦婷》这本书有很大关系。直到我2008年出国的时候，中介才提到有在美国高中（以下简称美高）上学的经历会更容易被美国大学录取。当时去美高读书的学生特别少。你为什么选择在高中阶段就去了美国念书？当时留学的大环境怎么样？

Nini： 我是1999年前后去美国读书的，是中国的第一批美高学生。那时候去美国读高中完全不卷，过程也很简单，和现在完全不一样。

那时候，校园里几乎没有中国学生。美高在招生阶段非常重视多元化，我这只从中国过去的"大熊猫"就很符合条件了。对于留学生来说，要学会在完全不一样的文化背景中和同学们相处、交朋友。

举个例子。我记得有一天，我室友问我："你怎么没有刮毛刀？"我当时就想：为什么要用刮毛刀？我体毛不重啊，刮什么毛？可我想自己居然连刮毛刀都没有，周末就去沃尔玛买了好几把。这就是一种文化差异的缩影。

寄宿制的私立美高采取走班制。班上人很少，只有15—18个人。老师上课的时候不用说教方式，特别是人文社科类科目，上课前会布置大量文献查找和阅读任务，上课时讨论。比如，印象最深刻的片段是什么？主人公为什么在那个时候做了那件事？如果这件事不是发生在20世纪20年代而是发生在20世纪60年代,你认为会有什么不一样?……有很多发散性的问题。

林主编:你上学的时候,印象最深的老师或者印象最深的课程是哪些?

Nini:11年级的时候,我上了一门英文的AP(美国大学先修课程),这门课非常难,哪怕对于母语为英语的学生来说都很难。但我觉得那门课的老师特别好。那位老师专门研究一位美国作家,老师从作家的人生经历入手,分析作家在什么阶段写什么样的作品,不同阶段的作品是否代表了作家本人对当时社会的思考和自己的成长等。这门课当时对我来说是比较震撼的,老师真的把课堂打造成了跨学科的范式。

林主编:美高4年,你是怎么规划读完的?

Nini:按照学校的进度走。美高4年的安排是让学生从学术、社会认知、校外活动等层面去适应未来的美本。入校第一年就是学英文、融入当地生活,确保别挂科。第二年英文足够好了,在导师的建议下,我学了壁球,也加入了学校的校报社,参加社团活动,为高年级时竞选学生组织领导做准备。

11年级暑假的时候,导师推荐我去上大学的学分课程。12年级的时候,顺理成章地把这些事情做得更深入了。

在大学申请阶段,美高都会为毕业班配置大学升学办公室,学生不需要花钱去外面找。不过,现在很多家庭还是会在校内、校外各为孩子找一个升学导师。

林主编:你认为,是应该去一个顶级的学校当"凤尾",还是应该去一个差不多的学校当"鸡头"?

Nini：这主要取决于学生的长期目标。如果高中阶段就在美国读书，长期目标一般就是读完大学本科或研究生。大学不仅看高中的知名度、排名，更看重学生在高中时期的水平。在排名很高的高中排前50，和在水平尚可的高中排第一，申请时肯定是后者更占优势。学校会把所有的资源都放在头部学生身上。

林主编：你是那所美高第一个进入普林斯顿大学（以下简称普大）的，对吧？

Nini：是20年来第一个。倒不是因为我们高中的学生不优秀，而是学校所在地离波士顿很近，所以往届好学生都选哈佛。普大对申请者的学术要求是很高的，普大学生需要完成两篇毕业论文，11年级写初级论文，12年级写毕业论文。

林主编：你也带过不少哈佛、普林斯顿、耶鲁、麻省理工的学生，你觉得他们身上有哪些特质？

Nini：大家好像都在找一个能进入这些院校的"公式"，但我认为没有"公式"。在我看来，这些学生大概有两个特质。一是相对成熟，这体现在整体的处事方式上；二是思维不受限制，有更高的境界。比如，他们会想"怎么让世界变得更好"，虽然这听起来可能有些"假大空"，但那些孩子真的有一种发自内心的利他精神，会思考怎么让身边的环境乃至社会变得更好，他们想改变大环境，有自驱力。他们可能会把这种自驱力用到兴趣爱好上，力求把一件事研究透彻，在这个过程中为社会贡献正向价值，我认为这种特质很难量化。

林主编：中国有很多家长想在高中阶段就把孩子送出去，想通过美高拿到常青藤的门票，可又向往优质的本土教育，还希望孩子学成之后回来孝敬父母。美高4年的成本和美本差不多，家长担忧这笔投资到底值不值。你怎么和他们交流这个问题？

Nini：这还是要看目标。出国是为了什么？如果孩子出国只是为了读排名靠前的大学，哪个大学无所谓，高中其实并不需要出国，并不是只有读美高、英高才能进入顶尖的大学，甚至都不需要出国读本科，出国读研究生也是不错的路子。

如果家长想让孩子在视野、认知方面有所提升，甚至体会一些挫败感，给孩子更多选择的空间，家长也愿意承担风险，那么可以送孩子去国外读高中。

想进入一所排名靠前的大学，有好的前途，这种想法没有任何问题。只有知道学生和家长留学的长期目标，我才能倒推出最适合学生的路。

林主编：你读了4年美高后，为申请普大做了哪些准备？

Nini：首先学习成绩要好，有些学校虽然不排名，但到毕业时会把成绩最好的列出来。其次就是听了升学导师的话，在学校刷了很多"存在感"，包括参加体育活动、加入社团、做校报等，向大学证明，我除了学习之外还有很多长处。再次，还要和老师建立好关系，以便请他们写推荐信。最后才是夏校、实习、科研等。

我认为正确的内卷是"向内看",看自己是什么样的人,确认自己想要什么、喜欢什么、擅长什么,去思考、去尝试,这样才能把自己推销出去。

林主编: 很多中国家长在让孩子竞争名校的过程中不得章法。有些家长觉得很努力了,大几百万花出去了,孩子为什么还没进名校?身边某个家庭为什么轻轻松松就把孩子送进名校了?

Nini: 问题可能还是出在思维习惯上。尽管学校都是非营利性质的,但学校的运营模式和公司相同,最高领导层就是校董会,校长相当于CEO,招生部找最合适的学生和家庭,发展部为学生和家庭提供服务,为的是让学生顺利毕业。

学校在招生的时候,首先希望学生未来能给学校带来价值,这有点像投资,学校希望学生能够在完成学业、得到历练之后成为一个很厉害的人,能赚很多钱,或者有巨大的影响力,以回馈母校。具体到申请环节,学生需要具备学业成绩;具有特长,比如音乐、体育方面的特长;有一颗感恩之心,愿意回报母校。

此外,学校每年的标准都在变,与其随波逐流,不如向内发掘自己的长处。把长处发挥到极致,就会有名校录取的。

林主编: 申请名校,很多家长败在了信息不足上。那么在申请过程中,家长和孩子如何提升对美国名校的认知?

Nini: 提升认知依赖于两个方面:正确的信息渠道和多样的信息渠道。只有接触到足够多的信息,才能去比较、去辨析。不管去哪留学，只要走出去，就能拓宽眼界、提高认知。

林主编： 你见过的最优秀的美高申请者是什么样的？他为申请美高做了哪些准备？

Nini： 美高不仅评估学生，也评估家庭。首先是优秀的家庭。"优秀"是指家庭关系好。孩子要有足够的自主性，有梦想，从小成长在充满爱和呵护的家庭里。父母要互相尊重、互相信任，对孩子有爱和责任感，又不溺爱。这样的孩子有足够的精气神和自驱力，独立性也强。

林主编： 你在普大的生活是怎样的？

Nini： 普大优秀的人太多了。一开始是焦虑，后来转变思路，与其和优秀的人竞争，不如和他们成为朋友；与其和强者竞争，不如向他们学习，和他们一起共事。赢不是最重要的，最重要的是成为一个"大家愿意和你一起玩"的人，各种各样优秀的人都愿意和你一起玩，你"抱大腿"就行了。

当然，这不是鼓励大家去喝酒、去夜店，核心在于要有社交能力，可以通过不同的渠道来充实自己，让生活变得更丰富多彩一些；要结交不同的人，比如学习好的、体育好的、音乐好的……有各种不同背景的同学。

需要说明的是，不要特别功利地参与社交，更重要的是自己有丰富的体验。我在普大读书的时候去过射击俱乐部之类的地方，要多尝试、放松心态，这样会得到很多从未有过的快乐。

林主编： 你毕业后去过投行、广告公司、媒体，这段经历是怎样的？

Nini： 在摩根士丹利的工作随大流，有点像大学的延伸。身边都是一群背景类似的年轻人，老板也很好，体验还是不错的。不过，我不擅长做投行的各种报表，对金融和经济方面的内容真的不感兴趣。

我喜欢新鲜事，喜欢社交，高中做过校报，顺着这个思路，我认为媒体行业可能更适合我。我去港大读了新闻传媒硕士，毕业后进入CNN（美国有线电视新闻网）。我发现这个平台和自己的价值观及发展理念不一致，最后还是回北京了。我父母有点抓狂，他们说你不待在摩根士丹利、CNN，你拿着普大的学历，到底想干什么？

2013年左右，国内涌现出各种各样的机会，我也想做点事情。在和各种各样的人接触以后，我发现普大的标签能让自己更受欢迎。名校毕业生的身份不一定能保证人生成功，但是能让你在刚进入社会的时候多得到一些关注和机会。

林主编： 你后来是如何进入留学这一行的？

Nini： 我为普大做宣传义工期间发现了留学赛道的商机，在市场调研中发现了家长的诉求和专业人士的缺口，于是投身留学行业。

我最初的客户是朋友家的3个孩子。咨询靠的就是口碑，是

"苦活、累活、体力活",为客户提供服务时,才知道市场需要什么,进而不断学习。服务好首批客户后,家长们不断介绍新学生给我,我慢慢地积累起很好的口碑。我始终保持着对行业的敬畏之心,督促自己永远要保持学习的状态。

在我看来,竞争对手不是现有的机构——现有机构的路数我们已经了解了,我们的"对手"是现在不断冒出来的更优秀的小朋友。

林主编: 在你看来,能够圆梦名校的孩子,他们的家庭有着哪些共性?

Nini: 从家庭养育理念上说,他们的相处模式比较开放,互相尊重,特别有爱,孩子是在有安全感的环境下成长起来的。另外,父母以身作则。很多家长让孩子读书,不让孩子玩手机,但是自己却天天抱着手机不撒手。孩子就是家长的"镜子",我们聊孩子的时候并不需要聊家长,就可以大概推知孩子成长在什么样的环境里。如果孩子有一件事很难做,家长和孩子一起做、一起克服困难,最后构建的就是一个"成长型家庭"。这种成长体现在思维方式上,而不是所谓的阶层、财富上。家长是愿意去学习、成长和改变自己的。一个家庭如果能满足以上要求,孩子即使不读名校,也一定能过得很幸福。

林主编: 国内现在有些家长花费大量的金钱和精力让孩子拼命上进,在你看来,这样的风气是不是有些畸形?

Nini：肯定的。很多家长觉得如果不让孩子拼命上进，可能会耽误孩子、耽误全家，甚至耽误家族，这种思维方式很难摆脱。我们鼓励家庭回归到审视自身上来，看自己家庭最在意的是什么。

林主编：规划得不对，或者看不到未来的发展，就会"踩雷"。对于给孩子做规划这件事，你有什么要提醒大家的？

Nini：教育是面向未来的。我们现在做的事情要到5年或10年后才会"兑现"，唯一不变的就是"变化"。

比如，打算让孩子2020年从事房地产行业，孩子2015年左右上大学，2020年入行时正值房地产行业高峰期，确实容易赚钱，但是读完研究生回来，发现房子已经卖不动了。再比如，2021年让孩子去做教培，结果教培行业突然没落了。

反过来，如果家长有眼光，能在5年前让孩子去学人工智能，现在就赶上好时候了。那时候人工智能还是非常小众的行业，学起来也难，就业风口还没有吹起来。而现在硅谷的人工智能公司开价年薪80万美元招新的模型师，这些人可能就是才毕业一两年的人工智能、大数据、人机交互专业方向的毕业生。所以对于家长来说，教育，是一门面向未来的学科。

林主编：你对现在的家长，尤其是即将送孩子上美高、孩子10年后才步入社会的家长，有什么建议？

Nini：我的建议不是"要做什么事"，因为没有人能判断10年之后的大环境什么样，谁也不知道。那么能够确定的是什么呢？

首先，科技一定会越来越发达。从个人职业和更宏观的行业层面来说，在科技能取代人类大部分能力的未来，什么样的能力是科技所无法取代的？对于这个问题，不同的人可能有不同的答案。应该基于这样的思考，去想怎样为孩子做更好的规划或选择。

要放轻松，不要把规划看得过重。孩子听不听，以及过程中会出现什么小插曲、有什么风险，这些都难以预料。要有包容的心态，让孩子找到一个使自己有幸福感的事情。但这就要让孩子自己去探索了。我们可以做出规划方案，但是具体会发生什么，根据孩子的能力顺其自然就行了。

牛津 Kate 访谈录

INTERVIEW

- 16 岁就读牛津大学，牛津本硕，专业内排名第一
- 摩根大通与高盛集团前资产管理人，先后入职摩根大通、高盛 6 年
- 福布斯国际化青年领袖年度新锐博主，3 亿浏览量热搜话题及超 200 万用户
- 牛津数学博士生
- 海外生活博主

林主编： 你大学前的教育经历是怎样的？

牛津Kate： 我的成长经历比较特殊，我小时候上的是homeschool（家庭学校），因为我在10岁的时候从小学退学了。当时退学的原因比较复杂，一个是我小时候在学校受到过校园霸凌，然后我妈去跟校长争论。结果发现，那个校长并不是很愿意去尊重每个孩子作为个体的不同，我妈觉得这不是她想要的教育，所以我10岁就从小学退学了。

退学的时候，我们并不知道下一步该怎么做，也没有想过出国或者考名校。我妈觉得既然退学了，就想用一些自己的方式来培养我。所以从10岁到12岁，我是在家里上学的。然后12岁去了一个国际高中上学。等于我是四年级退学，这两年就跳了三级。

我出国挺早的，我说的这些大概都是15年前的事情了。当时很多人都会说你去国际高中，你父母很有远见，或者你家很有钱。那个时候，我所上的国际高中还处于刚创立的阶段，我们是那个国际高中最早的几届毕业生，所以我觉得我妈确实是挺有远见的。不过，我当时是茫然的，不知道那个国际高中能不能让我成功考上外国学校。后面我进国际高中读高一，考A-Level（英国高中课程），再后来15岁的我去牛津面试，16岁拿到offer。

林主编： 当时为什么选择去牛津？为了去这所学校你是怎么准备的？

牛津 Kate： 15岁之前我都没有出过国，也没有去过夏令营，没有真的了解到什么学校好，以及哪所学校是更适合我的。当时主要是觉得去英国的话，牛津、剑桥是最好的选择，所以就去了牛津。

准备阶段其实挺有意思的。我们当时有两三场面试，都是两个教授面试你一个人。那个时候其实我什么都不懂，因为才15岁，如果教授当时问我为什么选择牛津，我其实说不上来太多关于人文价值观方面的内容。但是当时，那个面试教授就是让我做数学题，这对我而言就很简单了。

林主编： 你去牛津读的是什么专业呢？在这个专业遇到的学生都是怎样的一群人？

牛津 Kate： 我在牛津读的是数学专业。到牛津以后，很多人很好奇，你年龄这么小，到牛津以后能否适应？其实我去了以后看到了一个更加多元的世界。我发现牛津的人有不一样的背景，来自全国各地，有一些学生是从战乱国家过来的，也有些学生是有残疾的，或者有一些其他特殊的情况。但大家都能非常包容，我年龄小这件事只能算是一个非常不起眼的不同之处。所以我并不觉得我去了牛津以后有太多的不适应。

林主编： 在牛津的中国学生是一群怎样的人？他们大概有怎样的背景？

牛津 Kate： 我觉得每年应该都有一些变化，但我个人感觉不只是中国人，牛津所有的学生都有一些学霸的共性。尤其和一些英国学校相比，可能每个学霸都是自己年级或班级的 Top 1，但是在牛津会全部重新排名。一定会有人感到学科压力很大，但所有的学生都很认真，没有混日子的。尤其是数学系，我觉得这是一个学霸碾压型的专业。来了以后，很多人都会感觉智商受到碾压。可能有的人本来没有学霸属性，但身处这样的学习环境中，大家都想尽可能做到完美和优秀。

林主编：英国大学，尤其是牛津、剑桥，在课程设置上有什么特别吸引你的地方吗？

牛津Kate：我们上8周的课就放假，一年只上24周的课，所以上课的进度是非常赶的，大量的时间是用来自学的。我小时候就在自学的环境中长大，所以这种学习方式挺适合我的。还有一点我觉得挺好的地方是，牛津当时上课的模式跟面试有点像。从大一开始就是一个教授带两个学生，这在很多学校是没有的。这也是一个非常好的机会，相当于你在培养数学思维的时候，可以跟非常有经验的老教授学习。做题的时候，教授会帮你看，还会帮你批改，把他的一些做题思路教给你，我觉得这是一件非常了不起的事情。

尤其现在我自己也在牛津教课，我知道教课要花非常多的时间。我教研究生的时候，能感觉到研究生是很好教的，因为他们已经会自学，会拆解题目了。反而是大一、大二的学生难教，因为他们还处在摸索阶段。一个教授带两个学生，一届可能会分到十几或二十几个学生，那是非常大的一个时间消耗。

林主编：牛津本科毕业的中国学生，以后的职业发展一般是怎样的？

牛津Kate： 牛津本科毕业的中国学生，限制是大于欧洲学生和英国学生的。英国学生毕业以后，可以有gap year（间隔年），然后慢慢找工作。但是中国学生不行。中国学生如果想留下来，有工作才能有签证，否则就得回国。

很多英国或者欧洲的学生，他们可以先不做决定，等到时候再说。但是中国孩子没有这种选项，加上英国的创业氛围没有那么浓厚，所以像数学系毕业的学生，很大一部分会进入金融、科技行业；也有一部分人会继续读博，然后做学者；还有一小部分去创业，但是创业占的比例非常小。

林主编： 未来你是打算继续进行学术研究，还是打算回国？

牛津Kate： 其实我在这次牛津深造前，已经在香港做了五六年金融。在这样的职业背景下，我之后会选择继续做学术。

林主编： 做自媒体有带给你什么比较不一样的经历吗？

牛津Kate： 我觉得做自媒体是很有意思的一件事情。在自媒体上你可以得到两种很有意思的体验。一种是你可以直接认识很多你原本接触不到的人，听到不同的人发出不同的声音，这肯定是一件好事，因为我们很多时候都在自己的信息茧房里面。另一种我觉得是自媒体给了我一种话语权。

不同的人在生命长河中有不同的追求，有的人追求一些好的物质生活，有的人追求学术成就，或者其他一些东西。但如果你把所有这些拆解开来看，人们追求的可能就是三个维度：经济基础、爱好和话语权。我在高盛的那段时间就是在建立我的经济基础。现在我要去追求另外两件事，一个是爱好，另一个是话语权,它们分别来自数学研究和做自媒体。

林主编: 你觉得这种运营社交媒体的经验加成,能带给你什么不一样的体验吗?

牛津Kate: 我觉得这件事本身就很有意义。如果我不做自媒体,我根本不会知道我现在教的很多学生为什么听不懂我讲的数学。

比如韦东奕是我们数学界里的大神,他所有的文章、教学模式都是非常棒的,但是我做自媒体时发现,好像很多北大的学生,或者听他课的学生,都听不懂他讲的课。有可能是因为他讲得太快了,或者是因为他思想太高深。通过社交媒体,我了解到我应该用什么样的方式去讲数学才能让大家喜欢,或者怎样才能把我的内容教得更好一点。

林主编: 针对想申请牛津大学的学弟学妹们,你有什么好的建议可以分享给他们吗?

牛津Kate: 本科学生的话,我觉得最重要的还是要把面试搞好,因为这一环节在牛津权重非常大。如果学数学或者理科类专业,非常重要的一点是,你去做一道题的时候需要练习怎么去阐述你的思路,并且要深入思考。不是等到算完了才知道自己行不通,而是在做之前你就得去评估这个决策能否行得通,以及是否合理。如果是研究生的话,还是比较看重GPA(平均学分绩点)的,那就需要你在本科阶段努力提升自己的成绩。

高宇同访谈录

INTERVIEW

- 哈佛大学 MBA
- 中国留学生在线学费支付平台易思汇（Easy Transfer）联合创始人，董事长
- 本科毕业于美国南加州大学马歇尔商学院

林主编：你是"90后"海归圈中非常著名的创业者之一，也是最早一批美高学生，在很年轻的时候就开始自主创业了，能分享一下你的故事吗？

高宇同：我是2009年入读美高的。我所在的州中国留学生非常少，我去的城市叫奥马哈，整座城市只有一所寄宿高中，我是这所寄宿高中校史上第一位中国留学生，在那里完成了三年半的学业。我本科阶段读的是南加州大学（以下简称南加大）的马歇尔商学院，专业是商业管理，就在这个阶段开始了创业生涯。后来，我又去哈佛大学商学院读MBA，中途带领团队回到北京创业。

林主编：在留学的创业圈中，很多人说你是个传奇。许多创业者都是大学毕业后开始创业的，但你的创业项目在大学期间就开始了。由你创业的故事，很多人联想到同样是大学期间创业的扎克伯格和比尔·盖茨。为什么你的创业启动得这么早？

高宇同：这既有宏观的因素，也有微观的因素。

在宏观层面，一是2013—2017年国内互联网平台经济发展得非常好，创业环境其实比美国更好。大家都知道，美国更多的是做一些平台底层的技术，但国内对于应用场景的理解更透彻，国内很多在平台应用层级上的产品可能不是第一个，却是市场占有率最高的，也是产品体验最好的。二是当时国内资本市场比较好。大部分头部基金在国内较为活跃，就像雷军说的"站在风口上，猪都能飞起来"。三是宏观政策对创业者的支持。当时国内提出"全民创业、大众创业、万众创新"的话题和方向。在那种环境下，很多大学生毕业后，甚至是没毕业的大学生，第一选择就是创业。国内很多信息会映射到海外。我每年假期回国都会参加很多社交活动，当时就想，既然国内的同学都跑在前头，那我们在海外读书的同学也不能落下。那时候就下定决心，要和同学一起去创业。

在微观层面，我觉得创业一定要"离自己近一点"，所以当时就想从身边小场景切入，比如留学缴费。在国外读寄宿高中的人都有这方面的需求。我联合创业的几个小伙伴都在中国学生非常多的学校就读，比如南加大有7000多名中国留学生，纽约大学有8000多名中国留学生，英国伦敦大学学院有13000多名留学生，那时候也没想过市场规模多大，就是觉得既然有这么多留学生，那么我们为他们做点事情就可以了。

林主编：你觉得用一句话来解释你们当时的创业项目，它解决的最大痛点是什么？

高宇同：就是我们当时的口号：三分钟在线使用人民币支付学费，手续费是银行的一半。本质上就是用最便捷的方式、最简单的流程，让客户直接在线用人民币支付留学费用。

林主编：在此之前，这件事情有多难？

高宇同：当时监管的要求是一定要去银行柜台办理业务。家长去要带文件原件，比如录取通知书原件等。家长第一次去银行的时候往往对所需文件不太了解，很容易造成第二次返程。而且要填很多信息，一个电汇单上有26项信息要填，但国外校方发来的账户信息只有五六个，很难与国内信息的要求对应。

我们要做的就是把线下烦琐的流程在线上便捷化。

林主编：当时提出了一个概念"互联网+"，就是把一切交易互联网化，支付手段是其中最重要的环节之一。我发现你开始创业之后，身边就聚集了一群优秀青年，尤其是来自名校的留学生。雷军之前也说过"成事在人""事聚人、人成事"，在创业的过程中，你有没有这样的感受？

高宇同：我特别认同这个观点。首先是"事聚人"，聚起来的人是否能理解该场景，并在场景下发挥他们最大的优势和能力。我们向海外的校方推销我们做的系统时，总会跟他们说我们这个应用的不同之处。和行业中已经有百亿市值的欧美公司相比，他们的系统已经几十年没改变过了。我们每位团队成员都是在行业中学习、工作了十几年甚至几十年的人，做起事情来得心应手，对行业有自己的理解。这是最好的聚集人的机会。

然后是"人成事"。有了最好的人才，一定能做成伟大的事情。我们总说一句话，在行业中最懂留学生、最有能力的一拨人一定在易思汇公司。

林主编：你觉得现在的留学生还愿意创业吗？

高宇同：这两年经常参加海外峰会，发现一些改变，可能有以下两方面原因。

第一，大家以前的创业方向都离留学生比较近，当他们对细分场景、垂直场景的理解比较深入以后，更愿意去创业；第二，资本问题，大家原来做平台经济或消费品的时候，一般头部的投资者或资金投入往往来自美元基金，但是当环境发生改变的时候，就会带来一波新的机会。

我经常跟留学生说，当环境发生改变的时候不要只想着抱怨，或者觉得没有机会了。越是环境改变的时候，越要去做环境中具有先发优势的人。要第一个进入新的环境，下决心去适应它。这样才能拿到头部资源。

林主编： 你现在依然相信中国是海归创业最好的地方吗？

高宇同： 我特别认同一个观点——中国是全球最大的市场经济体，这是不会错的。我们一直在讲双循环，仅从内循环来说，中国有这么多人口，这么多优势消费场景，大众的购买力也提升了。在这种情况下，我们只要能抓住一个场景，对某个场景有自己的理解和把握，做成这件事并不难。当然，这个过程也要花很多时间，因为和我们同台竞技的不只有中国创业者，还有海外创业者。在最好的市场、最大的市场经济体下，你永远都会遇到最强的竞争对手，在这种环境下，还是发奋图强吧。

林主编： 易思汇成立快10年了，如果让你给自己的创业过程划分阶段，你觉得能分成几个阶段？

高宇同： 四个阶段吧。第一个阶段是从-1到0。我觉得在市场经济体下，在有这么多人口、这么多红利的情况下，很多场景刚开始的时候都是-1。为什么是-1？因为一定有人在你之前就涉足这个场景了，而且先行者可能很有资源和能力。

在中国，你不可能进入一个前人从未涉足过的领域。即使在别人已经占有大量市场份额的情况下，也不能说自己没有机会了，反而应该去适应这样的环境。这可能是中国特有的创业环境。

第二个阶段是从0到1。当你解决了存活问题之后，从0到1这个阶段要做的是跑通商业模式，把货源源不断地卖出去。

第三个阶段是从1到10或者100。这一阶段的问题是如何规模化扩张。其实很多产品在小规模售卖的时候是没问题的，一个产品在北京卖得好，但是在上海、深圳可能卖不好。关键在于能否做出全国化甚至全球化的产品。

第四个阶段是从100到颠覆行业。现在我觉得应该称之为赋能行业。在这种环境下已经谈不上颠覆什么了，很多时候要想一想怎么和巨头配合，或者说抱团取暖。

林主编：你觉得现在还是海归创业的好时代吗？

高宇同：每个时代其实都不一样。2013—2017年，我觉得不只是海归在创业，那时是全民创业，甚至有一个PPT就能融资，虽然这是一句笑谈，但也侧面反映了当时的情况。

对于海归来说，现在可能是更好的时候。现在的创业更考验你的心态、对底层技术的理解和掌握程度。我们现在看到很多头部院校回来的技术创业者，他们的技术确实是有壁垒的，含金量很高，很多技术能解决我们现在面临的卡脖子问题，这是非常好的。

在创业这条路上，5年或10年过后总会面临市场化退出的挑战，对于做场景的人来说，最好的退出机会就是成为巨头的一个服务板块，之前很多留学生创业者也是这样做的。不过，我认为现在的平台经济是比较稳固的，每年固定发展就可以了。

现在很多创业者要解决核心技术卡脖子问题。客观地说，一些核心技术还是由海外的高校掌控着，吸引留学生回国创业可能是最好的方式。

林主编： 你觉得现在的家长送孩子出国留学图的是什么？

高宇同： 客观来说，现在国内大学本科教育发展得非常好。我们每一年都会看经济合作与发展组织（OECD）的数据，苏州、北京、深圳、上海这4个城市的OECD数据已经很好了，我们的数学能力已经处于世界领先水平了。尤其是数理化的教育在K12阶段绝对是全球领先的，这种领先已经映射到本科阶段，大家都知道这是结构环境所带来的改变。因为英、美、加的本科很少有诸如商学院、工学院这种定向制的学院，本质上文理学院更多。在这种情况下，未来中国的本科教育和世界教育肯定是更加平行接轨的。

本科之后就是读研究生。送孩子出国深造一两年，是一个很好的选择。我们不得不承认，头部院校如美国的哈佛大学、耶鲁大学、普林斯顿大学、斯坦福大学及麻省理工学院，英国的帝国理工学院等，在某些特定专业上技术还是领先的，要学习这些头部的尖端技术还是需要在本科阶段就出去的。当然，这也取决于各位家长怎么看待这件事。如果孩子有成为科学家的梦想，那么可能在本科阶段甚至更早就要出去。

林主编：你本科毕业后去了哈佛商学院读MBA，你觉得自己的哪种特质打动了他们的招生官？

高宇同：我觉得是创业的勇气。做一个类比，哈佛大学好像是里程碑上的雄鹰，而哈佛大学商学院就是雄鹰头顶的一颗明珠。哈佛商学院就是这样的定位。哈佛商学院的招生官对于能在中国市场创业的人是非常敬重的，他们觉得在中国复杂的市场环境下，在这么激烈的竞争中能做出成就，是非常了不起的事情。

林主编：从这一代留学生身上，你能看到什么与10年前不同的特质吗？

高宇同：这一代留学生是为了自己的兴趣爱好去求学，非常清楚自己要什么，我觉得这是非常了不起的事。我记得我们读高中那会儿，课余时间没什么活动，下课后也就是打篮球、写作业之类的。但是如今的高中生课余活动非常丰富，他们能从中找到兴趣爱好。如果能找到兴趣爱好，并将其发展好，会带来非常好的长期动力。

从长期来看，他们自主选择的专业会对未来从事的行业有非常大的帮助。我觉得解决当代年轻人面临的问题最好的方式，就是让他们去做自己想做的事情，让内心去寻找真正的长期动力。

林主编：如果让你向即将毕业回国创业的留学生提一些好的建议，你会说什么？

高宇同：对于一些有核心技术能力的留学生来说，我特别推荐大家做两件事。

第一，一定要对国内的创业大赛有深入了解。这么多年来我们也参加了很多全球级别的创业大赛，比如Slush（专注于科技创新创业和投资的国际大会）、SXSW（South By Southwest，西南偏南多元创新大会暨艺术节）、HICOOL（全球创业者峰会暨创业大赛）。就HICOOL来说，它的价值在于它不仅是一场活动，更多的是把很多地方政府的引才政策挂钩到了一起。它的目标很清晰，就是为了把人才留在这个地方，并给予相应的政策支持。创业支持金是一小部分，包括落户政策、人才政策等，更多的是地方联动的产业支持，我觉得这些非常了不起。HICOOL对北京的每个区都非常了解。比如，对顺义区主要扶持的几个行业、领域了解得很透彻。对于要做医疗大健康领域的同学来说，顺义或许就是一个不错的选择，应该尽快去了解相关的政策和方向。

第二，要尽早行动。如果你能看到未来五年、十年的努力会对应怎样的结果的话，创业这件事的挑战性和趣味性就不是很强了，或者说机会不大了。至于带着技术回国，有一种说法是，这就像是一艘即将发射的火箭，虽然你不知道火箭的最终目的地在哪儿，但你只需要在火箭上找到座位，因为它无论去哪儿，未来都是好的。这个说法或许反映了中国对核心技术领域创业者的方向指引。无论未来市场环境怎么样，无论是发展内循环还是发展外循环，对于一个掌握核心技术的留学回国创业者来说，都能争取到最好的应用场景，得到最多的机会。

陈婧婧访谈录

INTERVIEW

- 体育特长生
- 打乒乓球 22 年，从南京市冠军打到全美的第六名
- 华盛顿大学毕业后，归国投身公益慈善事业

林主编： 婧婧，可以分享一下你是如何拿到华盛顿大学offer的吗？

陈婧婧： 我是一个体育特长生，小学一年级的时候开始打乒乓球，打了22年，从南京市冠军打到全美的第六名。但其实像我这样打乒乓球的选手，打进奥运会的概率比网球选手或者其他运动员要低得多。所以，我就尝试着放下自己这颗冠军梦，用这颗冠军心去好好念书。后来，我考到了江苏最好的高中。

在我做留学申请的时候，或许是我的故事打动了华盛顿大学，我被录取了。到美国后，我们的系主任告诉我，我的这段打乒乓球的经历非常打动他们，可能是因为我们的名誉院长是我们学校体育委员会的主席。他还告诉我一个道理：运动员精神在全世界都是适用的。

华盛顿大学给了我很多的支持，当时学校为我组建了一支乒乓球队，我们从西雅图打到了俄勒冈，又在加州拿到了西部冠军，并取得了全美第六的成绩。

林主编： 你觉得体育对你日后的职业生涯有什么帮助吗？

陈婧婧： 我觉得运动员的心理素质，还有他们训练的模式，都值得我们普通人去学习。在我从事的风险投资行业里，大多是博士或名校精英，但我并不觉得自己比他们差，这依赖于我曾经接受了很多运动员式的培养与锻炼。其实在华尔街的投行里，有很多刚进去的分析师都曾是体育特长生。

林主编：你在华盛顿大学学习时，遇到过什么困难吗？

陈婧婧：对我来说，可能主要是时间和精力上的问题。因为语言上的差距还是挺大的，虽然我的本科专业是英语新闻，也在新东方做过老师，但真正想融入美国的语言环境，每天都需要进行课外学习，可能要看几百页的文献。而且我还要代表学校去打比赛，这也是我的一个很重要的使命，所以课上我认为自己只听懂了30%，有种盲人摸象的感觉。

林主编：你是怎么和慈善结缘的？

陈婧婧：我之前在华盛顿大学学慈善专业，毕业以后很顺利地进入了比尔及梅琳达·盖茨基金会，对慈善事业产生了一些自己的想法，虽然回国以后做的是商业工作，但是我一直都在慈善这个领域积累经验和资源。

我回国一年半以后，就创立了自己的一个社会组织，叫Pearly Heart兰心社。2015年8月，在机缘巧合下，我们做了一场拍卖活动，邀请了全国五家孤独症机构。我们选择了静默拍卖的方式，这结合了我在美国学习的经验，我觉得年轻人可能更喜欢这种方式。如果喜欢这幅画，就把价钱写下来，但其实更多的是一个社交的酒会活动。也是因为这场活动，我们跟中国大大小小的孤独症NGO打起了交道。

我们一直致力于帮助孤独症的孩子，去引领社会包容和关爱他们。我们一直在帮助一个孤独症机构，叫星星雨。这是中国的第一家孤独症教育机构，目前已经成立30周年了。我们每年会有几个板块的业务跟他们合作，一个就是每年4月2日世界孤独症日的慈善晚宴，还有一个是每个月线上的慈善募捐。

林主编：为什么选择和星星雨合作？

陈婧婧：在这个行业里星星雨非常资深，我个人对它也非常认可。星星雨的运营模式，不仅是服务孩子，更是培养老师。我2015年的时候就开始和星星雨合作了，我发现他们是最专业的，因为当时只有他们是带着财务过来直接给我们开票的。其他NGO可能都不会来人。

星星雨来自《小王子》的故事，是指每个孩子都是天上的一颗星星。这个组织是为了培养全国的孤独症特殊教育老师，所以它承担了一个重任，在全国各地的孤独症NGO都能够得到星星雨的帮助。

林主编：作为一个NGO的理事，你主要做什么？

陈婧婧：一个是把自己的资源带入这个组织里面，并且发动更多的人去关注孤独症这个群体。另外一个就是在实际的推行过程中，星星雨作为一家教育机构、一个教育研究所，每年会开设课程让家长过来学习如何在家更好地处理孩子的心理问题。另外我们还开设了网课，包括直播，然后去募捐。

其实很多孤独症孩子的家长都吃了很多苦头，因为在三岁之前，孤独症是不能确诊的，你去任何一家儿童医院，都没有医生敢开这个诊断。所以，三岁之前是家长最焦虑的阶段，可能会病急乱求医。我们能做的就是尽可能地帮助他们了解有关孤独症的知识，防止这种现象的发生，并且产生一个持续性的影响，实现教育的传递性。

林主编：在星星雨，你觉得对你影响最大的人是谁？

陈婧婧：我觉得是田惠萍老师，她的儿子出生于1985年，已经快40岁了。田惠萍老师是一个非常知性的女性，也是我在NGO界的一个榜样。她很早就发现自己的孩子患有孤独症，然后开始自救，并把自己的这些经验分享出来，确定了这个组织的教育理念，我觉得这非常不易。

在这个行业里想挣钱很容易，因为你只要跟这些家长说能够帮他们解决问题，就能挣到钱。有个别机构其实是在卖心理安慰，并没有实际帮助到这个特殊群体的家长。但星星雨不同，她们收最低的钱，具有很强的慈善性质。星星雨是我见到的中国慈善圈里一个非常专业的组织，所以我才愿意帮助他们并与他们合作。

林主编：你们会和企业合作吗？

陈婧婧：有些企业会雇用大龄的孤独症儿童，因为这些孩子面临最难的两个点，一个是教育，另一个就是怎么养活自己。所以在大龄儿童这块，其实我们更有经验，我们的企业资源非常丰富。比如，我之前给星星雨的大龄孩子们介绍了一个给五星级酒店套鞋套的工作，就很有意思。这种工作对于普通人来说是很无聊、烦琐的。但把这项工作交给星星雨这边来做，那些大龄孩子是可以完成一部分的，他们可以赚取一部分的利润，一天能挣到200块钱，并且可以获得满足感。

林主编：你和团队如何实现这个教育类项目的运转？

陈婧婧： 教育类的项目需要稳定的资金支持，在每年的慈善晚宴上，百万左右的筹款水平，可以保证一年的运营。

我能够募集到资金，主要来源于长期的积累：一方面是人脉，能够请到一些有能力的企业家在慈善晚宴上竞拍；另一方面是通过流量变现，我们的视频号除了老师教授专业知识外，还有一个功能就是直播。我当时给自己的一个定位就是做公益界的头部主播，成立了一个专业的主播团，我坚持在每周的星期一中午采访家长和工作人员，我们的故事感动了很多人。在其他的自媒体平台上我们会剪辑一些直播中的代表性视频，虽然公益是一件严肃认真的事情，但是宣传的手段要尽可能符合时代的潮流，让它"时尚"起来。

我们希望在线下也能做一些落地的项目，所以我们想了一个特别好的计划，就是从妈妈的角度切入，叫"喘息计划"。因为在一个有孤独症孩子的家庭里，最辛苦的就是妈妈。我在这个行业这么多年，没有见到太多爸爸，但是妈妈一直都在，她们不会放弃自己的孩子。

妈妈把孩子送到学校里来，那两个小时是唯一可以休息的时间，但我觉得这还不够，我们希望能够让这群辛苦的母亲获得"喘息"。所以我就举办了一个心理沙龙，带家长去玩，请心理咨询师过来给这些家长做心理疏导。志愿者会一对一地陪伴这些家长，让他们有机会去倾诉，然后拥抱他们，大家可能会一起哭一下。

林主编： 你觉得做公益最关键要靠什么？

陈婧婧：做公益不是自我感动，你看我很少吆喝，如果我一上来就让身边所有人捐钱，那早就没有朋友了。作为一个公益人，首先要有一颗强大的心，不能一味诉苦。其次是将实际行动分成三个部分。

第一个是针对大众群体的。我们致力于做长期的事情，培养一种习惯，让大家感觉到做公益不仅对自己有帮助，也对这个社会有贡献，并且没有太大的压力。比如我们的月捐，最高的门槛是108块钱，108块钱就是一堂特教课的钱。还有很多人捐5块钱、10块钱。我们每个月都会给捐助者推送一张孤独症孩子画的画，可以用作手机壁纸。现在有数千人在支持我们，一年大概能募到数十万，覆盖了一部分房租运营的成本。

第二个是和企业合作，我们主要依靠企业来筹款。值得一提的是，一些互联网公司一方面在流量上提供支持，另一方面会基于网络平台开启一个公众筹款。比如，在4月2日世界孤独症日公益活动上，我们会做一些宣传，让公众在网上捐款。

第三个是与有公募资格的慈善组织联合开展慈善晚宴。比如，把世界孤独症日这个IP交给星星雨去做策划，那作为这个慈善晚宴的策划者，就会去安排我们今年的拍品，以及邀请企业家和明星爱心大使。我们是通过这三个部分来实现我们项目的落地，并产生影响力的。

林主编：你对未来有什么样的期许？

陈婧婧：我希望能够更多地参与到中国非常优秀的公益人的一些项目中，从资金上去支持更多人，而不仅仅是依赖资源和影响力。所以我希望拿到更多的项目去提高这些组织的效率。我期待有更多人能够通过兰心基金这个品牌关注中国的公益组织，也期待接纳更多的人、更多的善心和更多的爱。

韩天爱访谈录

INTERVIEW

- 优核国际教育创始人
- 伦敦大学学院数学系学士
- 金融数学硕士
- 国际教育头部博主
- 全网百万粉丝

林主编：当时去英国读高中的人还是挺少的，为什么选择去读英国的高中？

韩天爱：我16岁去英国读高中。在十几年前，去美国、加拿大留学的人多一些，我当时也是在机缘巧合下，了解到英国高中的课程可以根据自己的兴趣去选课，不像美高或者国内讲究全面发展，英高只需要选4门课。我觉得这个方式好像挺适合我的，因为我从小就不喜欢背文科性的东西，所以就去英国读高中了。

英国高中是两年制，本科3年制，研究生1年制，我一共花了6年时间，就在英国把研究生的学历拿到了。我觉得这对一个女生来讲还是相对比较友好的。

林主编：英国的学制为什么这么短？

韩天爱：英国初高中时的学制跟国内是一样的，只不过初中是4年，高中是两年。它的本科确实比大部分学校少一年，但是课程设置跟别的学校4年的差不多，比较密集。

林主编：学数学的女生相对较少，当时怎么会想到去数学系呢？

韩天爱：中国学数学的女生确实少一些，但在国外，不管是伦敦大学学院还是帝国理工、牛津、剑桥，男女生的比例其实是差不多的。可能女生在高中阶段会努力一点吧，英国的高中课程叫A-Level，没有那么难，也不会特别绕。而且在高中阶段，考试是可以用计算器的，它考察的是你对题目的理解，并不是说你一定要把一道很难的数学题解出来。

林主编： 后来你研究生阶段读了金融数学，又进入投行，这是一个顺理成章的过程。但后来为什么又不干投行了呢？

韩天爱： 我本科阶段学数学，研究生阶段学金融数学，那时候满脑子都是毕业进投行，这样进入社会的起点会很高，接下来走得会更顺畅。

我也比较幸运，进入国内一家投行公司，但是在工作的过程中，我发现这份工作跟我想象的不太一样。在投行公司上班要做很多事情，经常需要加班。当然，拿的薪水是比较可观的，但是对于应届生能力的锻炼，不像国外那么强。

林主编： 你的高中、本科和研究生都是在英国读的，感觉是一个非常连贯的体制，在英国申请本科和在美国申请有什么不同？

韩天爱： 英国本科的申请相对来说比较简单，你只需要在英国的大学和学院招生服务中心（UCAS）里选5所学校，这5所学校的专业方向要基本统一。加上有比较好的学术成绩、文书、推荐信，再加上老师和学校给你较好的预估分，是可以被一个非常不错的大学录取的。但这几年因为去英国留学的人越来越多，竞争变得激烈了。以前上英国大学，只需要3门A-Level，现在就算有4门A-Level，也可能被拒，因为竞争太激烈了。

林主编： 现在你经常做直播解答家长和学生的困惑，你觉得现在学生卷什么才能增强自己的竞争力？

韩天爱：现在英国申请越来越美本化，英本即将改革，会取消文书的部分，用6个问题替代文书。这6个问题很像美本的Common App（美国大学申请系统）问的一些问题。如果现在你想申请英国本科，尤其是G5（英国顶尖的5所高等学府），那你的软性背景也要准备起来。现在申请G5的学生人均3.5段背景提升，背景提升可能会偏学术化，参加竞赛、写论文等是比较有帮助的。

林主编：之前我们采访美本的学生，感觉就是全能手。假如想被美本TOP30录取，学生的简历必须写得丰富。比如，简历上得有10个活动、5个竞赛。对于英国留学生来说，学制比较短，你刚才说英国学科的配置跟美本4年差不多，它大概密集到什么程度？

韩天爱：上课还好，就是正常的学校课表。英国一学年分成3个学期，9月到12月是第一个学期，12月到3月是一个学期，最后一个学期是复活节之后的一个学期。临考试前两三个月，我基本每天都泡在图书馆里，从早上9点到晚上12点。

研究生一年的学习强度特别大，如果是在国内读的本科，出去读一年硕士，托福考到110分，过去后还要花一两个月适应外国人的口音，加上人生地不熟，一个学期就过去了，所以会比较辛苦。

林主编：今年申请G5的话，学生大概得达到怎样的成绩？

韩天爱：我有一个学生是英美双申的。托福分数113，10门AP（美国大学预修课程）都是满的，甚至还会超，因为AP多就会有额外的附加学分。最后他拿到了牛津的offer，也拿到了美国加州大学洛杉矶分校的offer，他选了后者。

林主编：你觉得现在英国对托福的认可度怎样？

韩天爱：我建议一些想冲名校的学生去考托福，因为托福比较容易在高分段拿到一个还不错的分数，雅思从7分冲到7.5分其实是比较难的。

林主编：像韩老师刚才说的英本美本化，把活动拉满，是不是很多学生美本英本一起申了？

韩天爱：现在很多学生都这样做，之前选择去美国的学生也会因为各种关系同时考虑英国。牛津、剑桥一年本科，在中国招400多人，这个量级非常大，相对来说也比藤校友好一点。

林主编：如果你给6岁刚上小学的孩子提供建议，你觉得怎么规划会比较好一些？

韩天爱：如果是我给这个孩子做规划，我觉得最重要的是英语和数学。英语是公认的第二语言，数学体现的是逻辑思维能力。我会建议他选择双语教学。

林主编：在专业选择方面，现在留学生还会一窝蜂地去学商科和计算机吗？

韩天爱：现在学商科和理科的还是很多。现在计算机专业也越来越卷了，因为更有利于留美。或者说STEM（科学、技术、工程和数学教育）类的学生相对来说更容易留美，竞争也很激烈。他们会面临残酷的淘汰，和同样很聪明的印度人、其他亚裔去竞争，很辛苦。现在还是有很多学生去学计算机，不过，学生数量整体趋于平稳状态，而不是猛烈增长。

林主编：你怎么看待近些年从美本转英研的学生？

韩天爱：主要还是时间问题吧，现在我们国家无论是从考公、考编还是求职的角度对于一年制硕士的认可度都是可以的。这也是这些年的大趋势，美本转英研、英本转美研都很多。英本转美研时间是最短的，三年本科+一年半硕士。读个英国好一点的本科，加上一个藤校的硕士，这个学历的含金量非常高，基本上可以说想去哪工作都可以。

对于美本来说，如果本科排名在50甚至70开外，进藤校的难度不小。此外，去美国留学的高昂成本也是一个不容忽视的问题。要想培养一个世界排名前30高校的高才生，需要约1000万。虽然这个数字很吓人，但这是实话。毕竟，学个托福可能都不止30万。

对于经济条件不是特别富裕，但也能拿出几百万的家长，我们的建议是英本+美硕。英本三年150万，美国硕士两年100万上下，加上其他费用，大概300万。英国本科均分70以上就是一等学位，GPA3.7以上，对申请美研是非常有用的。因为美本压分压得很厉害，我见过一个加拿大本科的学生被压到了GPA3.0以下，不过最后也被藤校录取了。当然，这是一个比较特别的案例了，他的推荐信是顶级的，极少有学生能有这个级别的推荐信。

所以拿不到顶级推荐信的同学，就乖乖地走英本+美硕，好好学习，把均分拉上去。美国藤校硕士对于英本认可度是不错的，甚至可以说前列的英本，比如"王曼爱华"（伦敦国王学院、曼彻斯特大学、爱丁堡大学和华威大学）、牛津、剑桥，申请美硕都没问题。

牛津、剑桥本科一年能录取好几百人，美国藤校前20加起来可能都没有这么多。学生应该考虑进哪边更容易。大学本科期间也不能闲着，把成绩提升上去，基本上问题不大。

为什么藤校的研究生录取相对简单？因为它是学校的"盈利项目"，而培养本科生可能是赔钱的。我们算过，哈佛培养一个本科生平均一年要花7万—8万美元，但学费每年只有6万多美元，是亏损的。

相对来说，研究生开设的项目多，录取难度也没那么高。从学历含金量、录取难易程度来说，英本+美硕还是很划算的。因为英国比较难留下，如果硕士阶段学了STEM，那么留在美国相对也要容易一些。

林主编：你觉得对于一个中产家庭来说，从高中阶段算起，怎么规划孩子的学业是最好的？

韩天爱：高中在国内国外都可以，看孩子的性格和家长的决策。家长需要了解在英、美、加、澳这些国家上高中的成本是多少、产出是什么、考试设置如何、是否适合孩子。要看走哪条路进入名校比较容易。英国的是A-Level，美国的是AP，IB的含金量也够，但占比不多。用AP申请英国学校可能有点吃亏，用A-Level申请美国学校非常吃亏。美国在A-Level只有3%的录取名额，因为他们不喜欢预估分。用AP申请英国G5可能需要5门5

分，也不划算。牛津、剑桥还是A-Level的学生最多。IB是万金油，但IB课程本身太难了。

对于上公立学校的学生来说，IB堪称灾难，学生可能不知道该学什么，也不知道该怎么学，想考到40分都很难。但是AP和A-Level的课听起来就像大学课程，听老师讲课，然后去考试。

林主编： 你接触过很多家长。在你看来，对于家长来说，最大的忌讳是什么？

韩天爱： 首先是家长犹豫不决。我刚入行的时候有个18岁的学生，先是在北京公立学校的国际部学AP课程，结果上了一年后又转回体制内了。高考考了个一本院校，高考结束之后又转到A-Level，最后去了帝国理工读电气工程。但这还是太折腾了，晚了一年的时间入学，孩子也很辛苦。所以我觉得家长的犹豫会折腾孩子，毕竟孩子也不懂那么多，还是听家长的。

其次是强逼孩子。比如，孩子的资质不是特别高，但还是逼着孩子去考名校，他也考不到，那么孩子就容易出心理问题。

最后是预算不充足。对于这类家长，我一般都是劝退的。孩子在国外被断供是很惨的，又要学习又要打工，可能学习也学不明白，打工也赚不了多少，甚至连本科文凭都拿不到。孩子没有必要去遭这个罪。家长要有充足的预算，先让孩子把本科安安稳稳地读下来，然后再让孩子自己决定是去打工还是读研，这样才稳妥。

李思睿 Siri Li 访谈录

INTERVIEW

- EleGo 象行国际教育创始人
- 美国哥伦比亚大学硕士
- 国际教育赛道头部博主
- 从北京到纽约再到深圳,做最踏实的国际教育引路人

林主编： 你来自一个怎样的家庭？你大学之前的教育经历，尤其是家庭教育和学校教育方面是怎样的？

李思睿Siri Li： 我出生在一个很传统的东北家庭。父母比较关注我在学习以外方面的表现，重视我的个人品质。

我在高中阶段跟父母沟通的一些经历和思想感悟，在我成为留学顾问后，成了我跟学生和家长谈论学习方法时常会用到的资源。我印象最深的是初中时爸爸跟我沟通的那次。爸爸是一个研究哲学和社会学相关课题的人，逻辑性很强，我当时学习成绩一直都非常好，但是中考的时候却考得不是很理想。虽然还是进了我们当地最好的高中，但没进入实验班。

他当时就问了我一个问题："你告诉我，现在你学的所有学科中，哪个学科你学得最好？"我答不上来。他说："如果一个人连自己的优势和短板都说不清楚，那不仅别人对你没有信心，你对自己也不可能有信心，这个世上不会有任何人对你有信心。"这是他教给我的第一个道理：你只有知道了自己的个人情况，才能够审时度势地去分析自己下一步应该做出什么安排。比如，我要花多少时间在哪个学科上做重点提升。

在高中阶段，妈妈对我的影响比较大。她说的话，直到现在还影响着我。我高考前很痛苦，一个人天天闷在房间里，我妈妈就对我说："人生很多时候都是一个人攀登的过程，这个是你要适应的。你现在要想办法耐住寂寞。你应该去想怎么适应这个环境，而不是在这纠结抱怨。"即便到现在，我都记得这句话。

进入北师大后，我希望自己能够充分利用北京这座城市的资源。大一我就在联想总部实习了。那次实习是因为我加入了一个叫作"联想idea精英汇"的社团，创始人叫猫哥，他非常优秀。他手下的学生太多了，这个社团当时在全国100多所大学都有分会，基本都是很优秀的学生。我之所以能进入这个社团，是因为我曾经作为主持人被分配到一个活动里，认识了社团里的学长和创始人。社团给社长的福利就是可以在联想实习。总体来说，从实习到参加商业大赛，我得到了很多机会。在北京期间，除了实习以外，我也做了一些兼职，比如做主持人。所以我的生活很充实，既有社会活动又有学习。

大三的时候，我决定出国留学，并开始着手准备。虽然我的平均分不算特别好，但我定了一个目标，就是努力提高分数。我大三的生活非常规律，每天早上6点起床，8点吃早餐，然后上课。下午2点以后，我会找一个自习室刷托福真题。每天我都早起晚睡，花了一年的时间刷托福考题。这期间我收获了3个成果：第一次拿到北师大的京师一等奖学金；托福成绩提高到109分；GRE完成328分的突破，准备好了申请材料。最后我选择了哥伦比亚大学（以下简称哥大）的MPA（公共管理硕士）和MSW（社会工作硕士）项目，因为我对公共政策和临床心理学很感兴趣。

在递交申请之前，我已经提交了MPA的申请，但对于临床心理学的MSW项目，我没有递交申请。原因是中介一直告诉我，我上不了这个专业，会浪费申请名额。虽然我想申请，但最终没有递交。

后来我爸从家里飞到北京陪我参加GRE（美国研究生入学考试）。考试结束后，我们遇到一个男生，他是从美国回来的留学生。他跟我说，其实美国的申请是比较灵活的，可以尝试发送邮件去询问是否还有机会。于是我在回家的路上给MSW项目发送了一封邮件，解释了一下我想来的原因，并表示遗憾。令我惊讶的是，他们对我仍然很感兴趣，并给我补开了网上申请的权限，我重新提交了申请资料。

3月初，我收到了面试通知，3月7日收到了录取通知书。整个申请过程非常曲折，最终我被录取了。这个经历让我深刻地感受到努力和坚持的重要性，也让我更加珍惜现在的成就。在哥大的生活给了我很多感悟。回想起来，我觉得自己在学生时代相对比较幼稚，没有太多复杂的动机，想到什么就去做了。刚开始去哥大的时候，我对校园的印象有些出入。我之前以为美国的校园都是那种有大草坪的，而哥大因所处位置寸土寸金，所以空间比较狭小，这让我有点失望。北师大的校园就不算很大，从校园西门走到东门只需要10分钟，而在哥大我只需要走6分钟。

最初在哥大生活时，最大的困扰是钱。我记得刚到美国的时候，在街边买一瓶水就要1.99美元，感觉物价特别高，但后来慢慢也就适应了。语言方面倒是没有太大问题，待的时间长了，也都能听懂了。

在哥大，我们学院的整体特点是技能导向型，要求学生能够胜任工作。因此，学校对实习的要求比较高，而且我们学院的中国留学生相对较少，大部分都是美国人。我们的项目要求包括两段实习，学校要求毕业时必须完成1200小时的实习。

哥大的经历给我留下了深刻的印象，其中两个最值得一提的经历是创业和感情方面的。创业经历与我现在的就业有着密切的关系，而感情经历也让我成长了许多。

关于创业，当时我并没有太多的想法，一开始只是想挣点零花钱。我和几个朋友组成小团队，创立了IVY文书工作室，主要是帮助国内留学生解决文书写作问题。我们发现很多留学生都对中介提供的文书不太满意，觉得写得不够专业，还要找专业老师来润色。于是我们决定成立一个海外的文书工作室，请我们身边各个专业的校友做审核和润色文书的工作。我们还找了一些外籍老师兼职合作，这些老师都是freelancer（自由职业者），跟他们谈好价格，他们就开始为我们的工作室提供支持了。最初，我们主要是跟一些中小型的留学机构合作，后来我们的工作室有了一定的知名度，业务范围逐渐扩大，不仅有文书审核的业务，还有留学咨询的业务。创业经历让我学到了很多，也为我的留学生活增添了不少色彩。

另外一个让我印象深刻的经历是研学。读研究生期间，我开发并经营了一些研学项目，可以理解为类似游学的活动。当时是2015年，研学还比较新颖，以参观为主的游学居多。我记得当时我们跟新东方合作的契机是，他们的一个团到了纽约，但地接爽约了，需要在短时间内安排教授来给他们上课。我们接手了这个项目，在两天之内跑遍了哥大商学院，最终成功地找到了愿意合作的教授，完成了任务。

完成了第一单之后，新东方向我们提出了更多合作的可能性，特别是在寒假和暑期，会有更多的团队来到哥大，他们询问我们是否可以为他们提供课程。这标志着我们创业的开始，而我们的业务在2017年达到了巅峰。

我们在暑期大约接待了15个团队，这些团队来自不同的机构，每个团队大约有25—30名学生。我们提供了各种主题的课程，横跨包括哥大、麻省理工、哈佛、宾大在内的多所学校，丰富了学生们的暑期体验。我们不仅提供了传统的游学活动，还设计了更加学术化的项目，比如商业估值、金融营和领导力培训等。我们在纽约的资源也得到了充分利用，为学生们提供了丰富的体验。

这些经历让我深刻体会到名校所带来的巨大价值。在哥大，除了读书，我还能利用周围的资源拓宽自己的视野。与来自世界各地的优秀同学相处，让我意识到自己的不足，也激励我更加努力地去追求成功。这段留学之旅也奠定了我之后的职业生涯，从哥大毕业后在纽约当地工作了两年多，然后开始担任升学顾问的角色，现在在深圳用心经营留学公司。很多时候也会有家长问我："为什么留学回来要做留学顾问？"有两方面原因：一是我在这份工作里找到了长久的价值，帮助一个家庭做教育上的抉择，特别是帮助一个学生确定方向是一件很有成就感的事；二是我并不是不能选择其他行业，事实上这是我主动挑选的事业，我发现这段创业经历让我在同龄人中成长得更快。

林主编： 北师大或哥大带给你最大的人生财富是什么？

李思睿Siri Li： 我觉得是底气。在北师大和哥大学到的知识，对我的人生有指导意义。第一个，不管在人生的哪个阶段，我都知道我是优秀的。源源不断的动力让我不甘于平庸，努力成为年轻人的榜样。第二个，因为我有这样的底气，所以我在接触很多新鲜的事物时，有足够的自信去接纳。如果我不是从名校出来的，当我对一个方向感到厌烦，想要换方向的时候，就会患得患失，因为我没有底气和试错的资源。当我接触一些新兴的行业时，我从来不会觉得我做不成。我觉得如果有人能做成，那我也可以尝试。即使是在一个新的行业里，我一无所有，行业里的校友也会给我提供资源或拉我一把。

林主编： 对于学弟学妹们，包括你自己的学生，你的忠告是什么？

李思睿Siri Li： 第一，找到自己的定位，多思考。我接触到的大多数学生，包括我的同龄人，甚至比我年龄大一些的人都在怪这个世界变得太快了，自己没能把握住一条脉络。但我觉得他们迷茫的核心原因是他们从来不知道自己的优势在哪里。要发现自己的优势，明确自己的擅长点在哪里，并把擅长点打造成壁垒，而不是拿自己的短板去跟别人的长板比。

第二，时代发展得很快，要保持学习，偶尔也要停下来想一想自己是不是走在正确的轨道上。在某一行业做到第3年的时候，应该判断一下行业未来的发展方向,以及如果行业出现问题,自己的 Plan B 是什么。

我永远会想:我在这学到了什么?如果有一天我要跳到另一个甲板上,这项技能是否用得上?我发现清华、北大毕业的学生就有这种思维。现在有很多家长总想让孩子进国企、事业单位,只是为了得到铁饭碗。但我想说,铁饭碗,永远不是别人给的。

汪星宇访谈录

INTERVIEW

- 乡村笔记项目创始人
- 复旦大学/纽约大学国际关系硕士
- 联合国中国青年代表
- 全国乡村振兴青年先锋

林主编：看你之前的教育经历，你考进了复旦这样的国内名校，后来是怎么产生要出国留学的想法的？

汪星宇：我是上海人，老家在上海郊区，从小就对复旦有着很好的印象，因为复旦一直是上海最好的学校。我当时考复旦之前有保送复旦的资格，但是我想体验一下高考，又过了复旦的千分考，只要过一本线就可以进复旦，所以我就把那个保送资格换成了20分的加分。

我还是参加了高考，在自主招生的过程中，其实我当时对专业是没有什么概念的，但因为我从小就特别关心各种各样的国家大事，我去问了很多的老师，请教了一些教授，他们觉得我好像更适合学社会科学。我当时也没搞明白社会科学是做什么的，但是既然有老师这么明确地给我提供了这个建议，我也觉得老师们很棒，就选择进入复旦的社会科学实验班。国际政治专业是社会科学实验班五个专业中最难进的，本着我是一个有选择困难症的人，我当时就选择了国际政治这个专业。

林主编："应对"选择困难症"，你的对策就是选择困难的事情做是吧？

汪星宇：对。我跟我的同事们经常吐槽，我经常选择那个最困难的事情做，我也发现我确实有这个偏好，我觉得这个事情足够难，还足够有想象力，我才更愿意去做。

学了国际政治这个专业之后，一听是国际我就觉得一定洋气，所以我当时做交换生去芬兰大半年，然后去韩国、日本参加了很多的学术交流活动，也参加了外交比赛、模拟联合国等各种各样的活动。

我们当时的学院，一级是一个班。我是班长，觉得自己的性格还挺外向的，就想着毕业的时候是不是出国留个学？我考过公务员，也考过中央部委的选调生，但是没考上。然后我就把出国这个事情排到了第一位。我当时对于外交、国际新闻是很感兴趣的，觉得自己好像在表达上是有一些天赋的，就想出国继续学国际关系。

我是一个习惯于骑虎难下的人。我有很多的兴趣爱好，对世界很好奇，我的执行力也很强，我在大学的时候参加过欧莱雅的全球挑战赛，卖化妆品，一天卖了38万的化妆品，还破了一个纪录。后来欧莱雅的全球CEO来中国的时候，找了一些明星，还找了我。在复旦读本科的时候，我是学校主持人队的成员，又是广播站的主力，曾去校外接了很多的论坛、商业年会的主持人工作。还有一个很重要的经历是我参加了一个叫中美杰出青年的项目。这是美国的一个基金会主办的，旨在培养亚裔的第二代、第三代政治家，主要任务是把美国亚裔的第二代、第三代送到白宫去做培训。他们跟中国的侨联会有一个这样的公益项目，就是每年在国内选大概20个青年，去美国做领导力培训。因为那个项目，我认识了倪世雄教授，后来我给倪世雄教授做过一小段时间的助理。那个经历让我觉得，做主持人固然挣钱，但是当老师更有意义、更受人尊敬。

到了纽约以后，我考过纽约州调酒师。想去做调酒师，但是发现做调酒师最关键的是你要会聊天，感同身受，将心比心，这个事情难度有点高。之后在纽约我组了个读书会，叫特别认真聊天小组。我组了一群人，每周去聊那些宏大的课题，跟我现在做未来笔记这个事情一脉相承，聊公平，聊乡村，聊气候变化等。第三件事情，就是我在纽约读书期间，一年半都在做VC（风险投资）相关的实习，就是与孵化器相关的事情。那个时候我看了很多的创业项目，这也是我毕业回国后马上就创业的原因，无知者无畏嘛，当时看了这些项目，以为自己会了，就开始干了。

有一个转折点，研究生一年级的时候回国录制了一个综艺节目，叫《一站到底》。当时赢了那个世界名校争霸赛的冠军以后，就有了第一波的粉丝和关注。到现在，我已经录制了20多个综艺节目。

林主编：你觉得你的高等教育经历给你带来了什么？

汪星宇：不光是学识上的东西，我的专业叫国际政治，他给我带来的东西叫格局。这个格局是一种参与式的格局，就是我真的被这个专业训练得相信"苟利国家生死以，岂因祸福避趋之"。因为在学习这个专业的过程中，你会经常去接触一些前沿的、世界上正在发生的事情。我们都说人生不如意事十有八九，我们要常想一二。国际关系这个专业，让我经常能看到这个世界上的十有八九。打开报纸，每一件事情都比你惨！就培养了很大的同理心,觉得这件事情跟我有关系。

我读书的时候自己去了一次朝鲜,然后我的硕士毕业论文写的是南太平洋的那些小岛屿国家——图瓦卢、基里巴斯等,研究气候和难民的问题。所以我的学科教给我最核心的,就是一种参与式的感同身受的同理心。

另外,我还在芬兰赫尔辛基待了大半年,在纽约待了两年。这段留学经历带给我最大的收获,是我不会把自己当成外国人。我觉得很多地方大城市里的人都是外地人,大家都是带着自己的故事来到这个地方,所以自己就不会怯场。

林主编: 你在留学期间有没有经历过一些刻骨铭心的故事,或者遇到过特别令你难忘的一些人?

汪星宇: 有很多。比如我有一个老师叫Kevin(凯文),准确地说他是中美杰出青年项目中我的一个导师。他有一半的犹太血统,一半的亚裔血统,是香港人,在纽约做房地产生意。他给我讲了一个道理,对我影响特别大。当时我上大三,还在复旦读书,在参加领导力培训时,他跟我说"People will feel your warmth before your competence",就是相比你的能力,人们更能感受到你的温暖。他说领导力的本质是相应的权力,但人们更能感受到你的温暖。后来我去纽约读书,基本上每个月都会去他家吃饭,向他请教。他待人接物的方式对我影响很大,这也促成了我回国以后开始做公益,想要资助乡村的孩子来到城市。

林主编: 你是如何决定去做你现在做的这个事情的?

汪星宇: 因为我的专业是国际政治,是政治学的一个分支,政治学的基础假设是"人生而平等"。整个人类的政治史其实都是在为平等，或者说为搭建一个平等的制度而努力。直到现在我的理想都是做个学者，未来还想读博士。我做了那么多有关国别研究的事情，都偏理论，我就想干点能更扎实地去了解制度到底是怎么运作的事情。我毕业的时候跟我爸妈说我想去叙利亚做战地记者，要不然我就回农村从事脱贫攻坚工作。我妈说还是农村安全一点，然后我就回来了。这是真的，不是个段子（笑）。

回国后我就参加了各种去乡村的项目，叫西部计划，地方政府叫"三支一扶"，有个支教项目叫"美丽中国"，有个扶贫项目叫"黑土麦田"。当时转了一圈，我最喜欢的是"耶鲁秦岳飞的黑土麦田"这个项目。他在湖南湘西的农村从事脱贫攻坚工作，做扶贫工作，帮老百姓挣钱，然后我就加入了这个项目。

我卖了一个月腊肉，发现卖不动。我当时一方面觉得我们是在用一种居高临下的心态看待乡村，我内心有点不舒服，因为我老家也是上海郊区卖水蜜桃的。另一方面，我觉得把肉卖出去是挣钱，把人带进来也是挣钱。因为我录制过很多综艺节目，就误以为我更擅长做把人带进来的事情，所以就创业了，一直干到现在。但是，我越干越觉得公平、平等才是我最在乎的，后来我做了6年半的乡村笔记项目。这个项目现在还在继续往前做，同时我还在做一个叫未来笔记的项目，以思考未来。其实就是一个城乡平权，一个科技平权。本质上，都是在探讨公平到底如何实现。

林主编： 你现在做的未来笔记是个什么样的项目？未来几年

你有什么规划？

汪星宇：我希望在创业满10年的时候，我们在全国能有100个项目，100个工厂、农场或者营地。当然不一定都是我们自营的，有可能会联合运营。我希望乡村笔记可以深入参与到城乡的连接当中；至于未来笔记，我现在想做一套面向未来的生涯课程。

这一套生涯课程，顶端应该聚焦到很多正在改变这个世界，或者即将改变这个世界的青年科学家和青年科技企业家身上。我希望未来中国有更多的孩子，也许在10岁或15岁之前，就去思考一些关于未来的更宏大的命题，而不只是在想我应该做什么工作，或者学什么专业，这也是国际教育的经历带给我的一些启发。

林主编：你觉得对于普通家庭来说，怎样规划自己的孩子，怎样规划自己，或者说以什么样的方法论来规划自己的孩子，可以让普通家庭的孩子尽可能完成身份的改变？

汪星宇：我认为，最容易变现的方式是参与到一个大势所趋的分工当中。PC时代、移动互联网时代、人工智能时代等，都是大的趋势。这些技术也许出现在10年前，但是要等到10年之后才会流行。我觉得对于普通家庭来说，其实就是看现在有哪些前沿的技术已经出现了，然后从中找一个孩子最感兴趣的，赌它10年之后会流行。我相信一个人的成功和时间的累积是有紧密联系的，就像乡村振兴这件事，我们现在做的还没有那么好，但是这件事情是大势所趋。

简单说，就是你先到处去请教、学习，找一个10年之后有可能会火的事情，然后耐心熬住即可。

林主编： 你怎么看待学生对专业和未来要做什么事情的迷茫？

汪星宇： 我觉得有一个断层，大家思考的是大学要学什么专业，大学毕业后要找什么工作。这两个问题是彼此矛盾的，没有必要叠加着问，只问一个问题就可以了，那就是我未来要解决什么样的问题，或者我未来要做什么样的工作。

比如学国际关系专业，学的是天文、地理、政治。但是如果你要做外交官，你发现你需要的也许是公文写作和语言能力，它会有一个断层。要做一个好的外交官，有可能需要的还不只是公文写作和语言能力。这就要有一个结构性的思考。

林主编： 你对现在想去复旦、纽约大学的学弟学妹，有哪些比较好的建议和忠告？

汪星宇： 我觉得复旦跟纽约大学本身是宝库，但是他们所在的城市——上海和纽约是更大的宝库。如果选择复旦和纽约大学，可以用更开放的心态去开始大学的学习。

林主编： 你怎么看现在的人工智能革命，尤其是对现在的孩子来说？

汪星宇： 我觉得AI会让大家进入一个超级个体的时代，对于教育来说，就是过去那些认识世界的经历都不再重要了。你不需要花那么多时间去认识世界，你需要花时间去思考如何改造世界，为什么要改造世界，以及这个世界应该被改造成什么样。

现在大家的学习很多都是有线游戏，就是孩子被推着做一张张考卷，看一本本教科书，这些塑造着孩子们往前走的样子。但未来，没有了考卷、教科书，就需要我们自己给自己找寻一个方向。所以找方向、思考世界应该被改造成什么样子，我觉得这是接下来要面对的教育课题。

我最近最大的感触是，人还是要多读书，要多读不一样的书，因为人工智能的智力有三个维度，分别是算力、算法、数据。人类也是一样的。算力是你大脑的神经元连接或者你的输入设备；算法是你懂多少道理；数据是你见过多少世界。无论你想提升哪方面的能力，读书的效率都是最高的。

周经伦访谈录

INTERVIEW

- 沙鼠科技创始人、声律启蒙公益中心理事长
- 宾夕法尼亚大学法学、社会政策双硕士学位
- 曾赴英国、中国香港、芬兰、日本留学
- 入选福布斯中国 30 Under 30 精英榜单、全美华人 30 岁以下青年精英榜单
- 获中国大学生年度人物、全国向上向善好青年、团中央"青年榜样""强国青年"等荣誉
- 荣获中国文联"中国文艺评论奖"、"互联网+"全国金奖、教育部中国大学生创业年度新闻人物等奖项
- 全国学联代表

林主编： 你的求学和职业经历是怎样的？

周经伦： 那些年创业氛围比较好，我跟着几个投资人老师创业，做了两家还不错的企业。2016年前后，我还没上大学，那年花了半年的时间复习并参加高考，考到了双一流大学西南大学，拿到了经济学、艺术学两个学士学位。在求学的过程中又组建了一家公司和一个公益组织。2021年的时候我去了英国KCL（伦敦国王学院），在院长的指导下取得了教育管理硕士学位，2022年又赴美国宾夕法尼亚大学凯里法学院取得了法学和社会政策双硕士学位。目前在香港中文大学开展一些自己感兴趣的研究。国内的企业还在运行。

林主编： 你来自怎样的家庭？读大学之前都经历了什么？

周经伦： 我的家庭和我的人生规划之间的差异还是很大的。我的祖父、父亲都是公务员，母亲是做生物化学研究的大学教授，整体的家庭环境是比较传统的。但是他们对我的教育态度非常开放，对我在读大学前去创业持开放态度，后来我要参加高考，又积极支持我参加高考。一路下来，我父母始终贯彻开放式培养的态度。

举个例子，我小学的时候虽然成绩很好，但是非常抗拒做作业，我经常在老师上课之前就把书本知识理解得差不多了，老师上课的时候我就听得相对少一些，转而读一些老师眼里的闲书。

当老师把这个情况告知我父母的时候，他们知而不问，没有特意向我提过这事。他们觉得，既然我想学习，那就放手去研究、去琢磨。

高中的时候我做过模联、商赛等，当年这类组织都是刚兴起不久，很多学校老师反对这些，认为它们耽误高考。但我父母一直是支持的。在我看来，家庭在义务教育阶段对我的帮助和支持非常重要，我并不是一个非常规范地按照义务教育要求去成长的学生。

林主编： 你是如何决定出国读书的？

周经伦： 对我来说出国是长期规划。早在初中的时候我母亲就有送我出国读书的想法，但那会儿我比较小，不太愿意出去。本科的时候我看到不少自己喜欢的金融经济领域的教材是由国外大学编写的，参加访学时也有很多感受，当时就希望能出国进行系统学习，所以没有选择在国内继续读研究生。

2011年前后，我遇到袁岳老师，他告诉我说，那段时间是创业最好的时候，于是我就投身到了创业中。当年我就读于山西最好的高中——位于运城市的康杰中学，当地最有名的特产之一就是红富士苹果。那年苹果大丰收，价格也低，一斤重的苹果大概只要九毛钱。我们当时就想怎么帮助农民把苹果卖出去，就这样赚了第一桶金。

此外，在模联方面我也做了很多事情。那段时间有很多朋友开始着手准备模联、商赛并建立公司。我们把学生送到国外去比赛，这一行的资金流比较丰富，就这样我有了团队，有了创业经验和资本积累。现在回过头看，那些年可能确实是创业机遇最好的几年。

林主编：那你后来是怎么去宾大读书的？

周经伦：在本科阶段，我先后去过中国香港、日本、欧洲当交换生，在这个过程中确定了自己出国继续深造的目标。当时我的成绩是年级第一，又拿了非常多的奖，各项语言成绩也很高。在拿到GRE（美国研究生入学考试）成绩之前我投了一些英国的院校，但当年的申请可能不太理想。我就在英国沉淀自己，边读书边把语言成绩相关的事情处理完，又去申请美国的学校。

我对宾大有一种特殊的感情。和其他的藤校不一样，如果把宾大人格化的话，那么它是一个非常务实、非常商业化的形象。它以医学院、法学院、商学院这类社会实践导向的院系而闻名，学校更希望学生毕业后尽快投入社会去工作。我也是一个创业者，所以拿到普林斯顿、布朗、宾大的offer之后，经过再三权衡，我去了宾大。

林主编：你在宾大度过了多长时间？这期间有哪些让你印象深刻的课程？

周经伦：我在宾大读了两年左右，主要攻读商业法和社会政策两个专业。从务实的视角来说，我认为经济学、统计学之类的课程比较实用，但让我印象最深的还是法学院的课程。美国的法学院讲究柏拉图式教学，课上要和教授辩论，很多教授可能不准备PPT，大家上课之前要看很多材料，在课上进行交流辩论。在实践性更强的课上会请一些法官来。

我在很多国家上过学,在我看来,宾大的实用性导向非常强,会给学生很多实践的机会。藤校对学生最重要的帮助,首先是课程内容非常新颖,比如法学院有区块链课程、传媒法课程、5G法课程等,非常前沿。还有创业法课程,要自己去酒吧找不同的投资者拉融资,实践性非常强。

对我来说,这些课程为今后漫长的学术道路、创业道路打下了一个很好的基础,让我掌握了很多基本方法。学校给的不仅是上课的机会,还有和不同专业的优秀人士交流的机会,这个机会很重要。在我看来,大学的重要意义之一或许是搭建一个平台,筛选出一帮很聪明的人来沟通交流,产生化学反应。

林主编: 你认为宾大最喜欢招收什么样的学生?

周经伦: 非常务实的学生。确确实实做过一些很扎实的事情,比如开过公司、做过公益组织等。当年在法学院的面试期间,我组织了大概80多人去和法学院院长开会交流,院长对这件事情印象非常深刻。学校也非常重视学生的领导力和影响力的发挥。

学校很看重在进入大学之后,大学的课程对你产生的实际帮助。当时我手上也有在做的项目,他们会考虑哪些教授、哪些课程能够给予我帮助,乃至大学社区的资源能够导入我的项目中,提供切实的帮助。学校同样非常重视激发学生的想象力。我遇到过很多优秀的人,他们有非常丰厚的实习经历,但却缺乏想象力。我有时候很难想象这样的人在社区中工作时能够发挥怎样的能力,他们做本职工作是没问题的,但宾大更喜欢有想象力的学生。

林主编：你觉得美国的同学都是怎样的人？和他们的相处中你有怎样的收获？

周经伦：我觉得他们分为几种类型。有的人在享受自己的生活，也有的人在学校逐渐形成自己的思想体系。后者从家庭经历和人生阅历中汲取营养，形成强有力的人生价值观、系统化的处理问题方式、决策路径。在和这些同学的交流中，我可以迅速了解全新的领域，也让我在这个过程中反观自己，重新整理自己的想法。这样一来，我就和身边的人形成了长期合作。一方面大家前期彼此间的信任感很足，另一方面大家在各自的领域深耕后有了足够的积累，在新的领域也能够实现稳定的合作共赢。

林主编：如果让你给学弟学妹们在择校方面提建议，你会推荐宾大吗？推荐的理由是什么？

周经伦：我觉得，在择校方面，读本科就像是简单认识一下这个人，读研究生就像和这个人试着谈恋爱，读博士就像和这个人结婚。所以最重要的一点是学校氛围和你的性格相符。你的人生规划和学校的培养是否契合也是一方面。每个人都有自己的性格，学校也是。比如普林斯顿有着学究的标签，哈佛有着领导力的标签，耶鲁的标签则是深沉，而宾大的标签就是务实和高度社会性。所以我觉得如果一个人想要在实践性非常强的领域取得成就，个人非常推荐宾大。对于内向、深沉，喜欢独立学习环境的学生，我可能不会推荐宾大。

林主编：你现在在做什么？在你看来，宾大的经历对你现在做的事有多大帮助？

周经伦： 我做的事情有很多。第一，我在香港中文大学做中国史研究，这是出于我个人的兴趣。我还在为读PhD（博士）做准备。在宾大，我和研究国际政治、刑法等领域的各位学者和博士生有非常多的交流，我也希望能有机会做出一些跨界研究的成果，跨过专业的边界。

第二，我在做一个公益组织。该组织致力于孤独症疗愈工作，力求做到全球领先水平。这项工作能做起来，要得益于我在宾大学到的社会政策、公益组织管理和政府间关系的知识。

第三，我还有科技企业正在运作，在企业法务方面，我在校园里获得的知识和人脉对我帮助很大。在公司运行、未来融资规划方面需要相关人脉，过程中也需要法律支持。对我个人来说，宾大的学历是一份"个人背书"，宾大通过一系列筛选来录取学生，那么反向来说，宾大的学历也意味着对我个人的认可。

林主编： 未来打算做些什么事情？你对自己未来的定位大概是什么样的？

周经伦： 在我看来，现在全球经济正处于百年未有之大变局。在这样的情况下，应该先扎根，积累经验、资源，磨炼自己。以前在各个大学做讲座的时候，我经常说一句话，"人生就是体验派"。就是多去体验、多去了解世界、多去学习新知识，不断打碎自己、重建自己，磨炼出一个更独一无二的自己。

这么多年来我学了大概7个不同的专业。对于不同的专业，我建构了不同的学习方法。我非常相信芒格的两个观点。第一个是隔栅理论，就是多去了解不同行业的基本理论，从而构建自己的知识体系。第二个就是复利。在未来，我可能会把自己的复利做强。我现在的生活被公益、企业和学业安排得满满当当，这样的日子让我感到无比幸福、无比踏实。我愿意做一个有梦想、有情怀的人，时刻与社会的发展同频共振。

陈歆怡访谈录

INTERVIEW

- 美国加州大学洛杉矶分校招生官
- 斯坦福大学公费交换生
- 胡润国际学校排行榜评委
- 老虎论坛热门财经作家
- 从小镇做题家到巴菲特身边的女孩,福布斯榜上家族的教育传承顾问

林主编：你是怎么以留学生身份一跃成为创业者的？

陈歆怡：2012年4月，我在人人网上关注到了去斯坦福免费交流的机会，有机会见到众多政治、商业领袖。这个交流活动在中国只有4所合作院校：北大、人大、上海交大、浙大。虽然我就读的上海财经大学不在合作院校之列，但我还是想争取这个机会。当年有660个学生申请，国内录取10个人，我很幸运地成为其中一个。

我那会儿还是一名本科生，第一次去美国。对我来说，这段经历让我大开眼界。我在上海财大的同学总体来说更务实，有更强目的性，很多人在忙着考CPA（注册会计师）之类的证书。但是在斯坦福交换期间，我发现很多同龄人都想着改变世界，想做一些更大的项目，有着更远大的抱负和更宽广的视野。那也是我第一次意识到本科阶段除了考证求职之外，还可以去尝试很多从来不敢想象的事情。后来，我在人人网上创办了一个高端海外交流平台，拥有十多万粉丝和关注者，这也是我创业的起点。

林主编：你是如何创建这个平台的？这个平台是用来做什么的？

陈歆怡：当时人人网的影响力还比较大。大四那年我在人人网上发的第一篇帖子就是讲我自己去新加坡的留学交换经历。我把公益的、免费的、有价值的海外交流实习机会筛选精简，在人人网公共主页上发布,当天第一篇帖子就吸引了3000多个粉丝。就这样,我当上了初代知识网红。

我也从中得到启发,打算从组织游学开始创业。我毕业那年其实是进了投行的终轮面试,但我征集了一下家里人的意见。我父亲是做生意的,他说你只要能养活自己就行。起步的时候,我发了一个帖子,招到了200多名想参加我的新加坡游学团的学生。我计算了一下,发现一年带两个团的收入和在顶级投行的入门收入差不多,时间还更自由,于是我就开始创业了。

林主编: 起步之后,创业过程中你与哪些名校达成了合作?

陈歆怡: 我当年在斯坦福、新加坡国立大学公费交换期间认识了一些博士校友,他们中有的人如今已经成为系主任、院长,其中有很多人现在也和我保持着联系与合作。

我们对学生非常真诚,会把斯坦福等一流院校的实验室、教授和其他的学术资源介绍给学生,让他们在斯坦福短暂的两三周就接触到真正的斯坦福的顾问老师,感受他们的人格魅力和知识储备,然后自然而然地被名校吸引。等学生过几年着手申请学校的时候,就会来找我们规划。

林主编: 后来你就一直专注于这方面的业务吗?

陈歆怡: 是的,后来业务延伸了。最早的业务是学生的游学团和留学咨询,随着业务的拓展,我们的一些学生家长是福布斯榜上有名的人——家长也希望在海外拓展业务。我们公司后来有一个板块就是海外顶级商务咨询。我微信的头像就是和巴菲特先生的合影,这也是我们的常规业务之一。比如,我们往年会安排企业家接触巴菲特、桥水基金的瑞·达利欧（Ray Dalio），以及摩纳哥皇室舞会、Met Gala（纽约大都会艺术博物馆慈善舞会）等顶级社交活动，这些看起来非常炫酷又难以接触的资源，是我们的常规业务。不熟悉我本人的人，可能会觉得我有点浮夸，但这只是我们服务客户的日常状态。

海外商务咨询的业务在新冠肺炎疫情期间中断过，但新冠肺炎疫情消退之后，有这方面需求的合作伙伴还是会来找我们。现在海聚留学咨询的业务比较忙，我们会精选一些客户。新冠肺炎疫情期间，我们也签了一些国内新能源和医疗上市公司的东南亚独家经销商授权或战略合作协议。包括人工智能诊疗第一股Airdoc（一款人工智能分诊导诊应用）、哪吒汽车、青山集团的兰钧锂电池、龙创汽车设计等。

如今，我们团队不仅是教育行业的高端留学咨询公司，更是向国内头部企业提供出海服务的商务咨询智库。从创业到现在历经12年，我们团队的专业顾问大多来自海内外顶级名校，不仅对跨文化交流轻车熟路，对跨国市场分析也有着丰富的经验。海外商务咨询业务里，我们熟悉的领域主要是新能源与医疗。普通的留学机构在文书和实习资源方面可能需要多次转手，他们擅长外语写作，但老师并不了解学生想要发展的行业前景。而我们因为在行业里与头部企业以及海外高校都有着直接的业务联系，所以可以很负责任地给学生带来最精准、最实在的职业规划建议与实习内推资源。我们可以直接内推自己的学生去新能源汽车厂、电池厂、医疗企业实习工作，争取董事会的推荐信，为学生真正深度赋能。我们给到学生的帮助是接地气的，不少家长都很感谢我们毫无保留地为孩子推荐就业的机会。很多时候，学生擅长考试，对于行业发展、专业的选择却无从下手。家长本身如果不是相关行业从业人员，也心有余而力不足。这时候我们的助力就非常真实直接且具有高价值了。

林主编：你接触了很多名校的人，在你看来，他们最喜欢什么样的孩子？倾向于录取什么样的学生？

陈歆怡：就排名前10的顶级名校来说，他们喜欢"与众不同"的人，喜欢有影响力的人，而不是考试机器。美国排名前10的高校中有很多是私立学校，他们希望招进去的学生未来能成为有影响力的人，能给学校的社群带去更多助力。所以我们帮学生写文书的时候，无论是本科还是EMBA（高级管理人员工商管理硕士），经常需要回答一个问题：学生能给学校带去什么？

他们非常注重传承，尤其是私立院校，如果校友一直给学校捐赠，那么校友的直系亲属在申请的时候就更容易被学校留意到。如果学生本身很厉害，那么学校也会看到他未来支持学校的潜力，他们当然是喜欢这样的学生的。

林主编：你现在是加州大学洛杉矶分校的招生官，这个身份是怎么拿到的呢？具体的工作有哪些？

陈歆怡：美国公立大学的各项政策要真正实行需要很漫长的时间。三年前，加州大学洛杉矶分校公共卫生学院的教授联系我，表示他们学院有意开一个新专业，名为数据科学硕士。我长期帮很多学生做留学规划，一直做的都是正统的留学机构，所以教授们也愿意和我交流。我给了很多建议，包括课程设置等方面。

后来某一天，我被通知项目批下来了，9月份就要开学了。招生季时间非常紧张，学院走了学校的一个复杂流程，把我招募成加州系统官方授权的招生官，负责公共卫生学院的学位项目招生宣传工作。

每次重要场合的宣讲，我都会带着院长、系主任、项目主任一起出席，我的招生工作范围也不局限于中国。美国的高校这些年很重视多元化，争取让学生有多元的校园体验。我也可以去英国、印度、日本、泰国等国去招生，帮学校扩大影响力，让更多优秀的孩子知道加州大学洛杉矶分校的公共卫生学院。加州大学洛杉矶分校的影响力和排名摆在那里，哪怕我什么都不做，也会有很多优秀的学生来申请，学院希望在我的助力下能够吸引来更多优秀的学生。

林主编： 招生官与招生代理一样吗？

陈歆怡： 顶级名校是不需要代理的，人人都挤破头想进。一般我们看到国内的学校代理，往往是一些排名靠后，不太受欢迎的英国、澳大利亚的学校。而美国名校招生官的主要工作内容是拓展学院学位项目的知名度，让更多学术综合能力顶尖的学生来申请。此外，我现在也在筹划牵线一些国际化上市公司和学校对接，筹备校企联合实验室的捐赠与创建工作。

林主编： 关于留学选择专业，你怎么看？

陈歆怡： 说到底，还是要尊重孩子自己的兴趣。留学不是一个简单的线性规划，我们需要和家庭做深入的沟通，明确长期目标。孩子是留在海外发展还是回国，做的方案肯定是不一样的。如果要留在海外发展，一定是优先考虑STEM（科学、技术、工程、数学）类，在海外当地更容易找工作的专业方向。如果是回国就业，那专业选择就是另一回事了。当然，需要看孩子本身的性格适合往哪些行业与岗位发展，我们来做反向推理。家长也要因材施教，根据孩子的擅长学科和家庭情况来看是走"鸡娃"的路线还是走拼资源路线。

林主编：你认为中国什么样的家庭适合走"鸡娃"这条路线？

陈歆怡：中产吧。父母毕业院校大多数都不错，希望小孩再往前走一走。有些中产父母自己学历和工作非常好，但是没继承什么资产，也没有需要传承给孩子的企业，他们希望推孩子一把，让孩子多出去闯闯。

林主编：你如何看待很多海归学生在海外扎不下根，最后回来的现象？

陈歆怡：这不是一个消极的现象。他们回来不代表失败了，回来可能是更适合他们的选择。比如一些依赖资源的行业，在海外也未必有更高的薪水，这种情况下回国可能会有更好的发展。

林主编：你觉得什么样的家庭不适合送孩子出国留学？

陈歆怡：缺少资金支持的，缺乏稳定情绪支持的家庭。如果家庭没有资金支持，在美国纽约那种花钱很多、很快的地方，一些家庭可能会出现留学断供现象。有多少钱办多少事。如果缺少资金支持，可以考虑去成本低一点的地方，比如中国澳门、马来西亚，家长千万别打肿脸充胖子。家庭经济条件实在不允许的，建议孩子留在国内读书。

林主编： 在你看来，这些年去加州大学洛杉矶分校的中国学生是怎样的一群人？

陈歆怡： 高分学霸，阳光明媚。录取的学生，相对来说理工科成绩高的学生多一些。从最新的数据来看，加州大学洛杉矶分校是全美收到申请数量最多的学校之一，因为它是公立院校，学费比私立的低很多，对于加州居民来说可能更低，所以很有吸引力。以我们这个硕士项目为例，一年半的项目，学费只有5.7万美元，相对于私立学校来说真的很便宜。这样的情况下，竞争就会非常激烈。学校来不及筛选那么多申请者的材料，自然会把一些标准设置提高。此外，我们学校是全美的体育强校，在美国大学体育协会（NCAA）的历史上，加州大学洛杉矶分校总共获得过121次球队冠军。如果你在体育方面特别强，比如有高尔夫、击剑等比赛获奖纪录，走体育生路径申请加州大学洛杉矶分校也是可以的。校队教练每年都会在全球范围内物色有潜质的体育生，直接录取，这和通常的学术录取是不一样的审核标准。

林主编： 从社交层面，你有什么经验可以跟大家分享吗？

陈歆怡： 从前，因为工作的关系，我能接触到一些很有影响力的企业家、名人、政商领袖，只要你给我48小时，我大概率能和他们建立商务联系。

海外商务能力并不是完全由语言能力决定的，也需要工作经验和社交经验的积累。比如，我在海外社交媒体上结识了很多美国不同行业的顶尖人士，那么当我去联系一个新的顶尖人士时，如果对方和我有共同的好友圈子，他自然愿意和我继续往下聊。或者他看到我有一些很有影响力的经历，也愿意继续谈下去。

对于工作我是很执着的。比如，央视的王丽芬老师，过年的时候问我能不能推荐一位美国纽约的政商领袖，作为符合她风格的采访对象。经过一夜的努力，我成功邀约到了美国劳工部部长赵小兰女士作为访谈嘉宾。

在我看来，美国有一个比较小的精英圈层，圈子内的人都是互相认识的。提前做好调研，了解人与人之间的兴趣共同点和共同的人脉，那么社交成功的概率就会高很多。

这些年我也积累了一些与众不同的成绩，能让我的客户、合作伙伴们看到我不是一个普通的教育机构老板，而是一个真诚有趣、有国际视野的跨行业全球公民，所以大家都比较愿意和我建立联系与合作。最近我们还拿到了美国哥大少年班、加拿大安大略省教育厅的官方合作授权，以及阿卜杜拉国王科技大学中国区招生授权，这些都是对我的鼓励与肯定。

华宇婷访谈录

INTERVIEW

- 耶鲁大学管理学硕士，耶鲁大学毕业典礼致辞代表
- 头部职场及教育博主
- 专注女性成长，追求自我意志
- 谁说当妈就不能追求梦想？产后出发圆梦耶鲁，终生成长不分年龄

引言

接下来我采访了一位耶鲁毕业的女生,华宇婷,她的故事十分传奇。一面是她职场打拼多年后以宝妈的身份参加出国考试,一面是她独自闯荡美国完成自己人生的进阶。她是如何平衡学业、事业和家庭的?又是如何扮演好宝妈、妻子和留学生这三重身份的?接下来是她的故事。

01 因为怀孕,突然有时间开始追16岁的梦

第一次接触出国留学这个概念,还是在高中的时候。16岁那年,我读了曾子墨的《墨迹》,作者可以说是我们"90后"一大批人的偶像了。从她的经历中,我第一次意识到,除了在国内读书,还可以自己申请出国读书、在国外工作。但是由于种种因素,那时的我没能实现留学梦。

长大后,我在北京一家品牌公关咨询公司工作了几年,积累了一定的社会资源和工作经验。这份乙方的工作,工作强度特别高,出差是家常便饭。我用最快的时间升职到高级经理后,知道再往上走,自己的知识储备可能就不太够用了,我需要学习更多管理方面的知识。周末泡一天图书馆、咖啡厅,翻翻书,接触些

新知识，这是我和我先生那时候最惬意的休闲方式。

2018年4月，我怀孕了，作为一名在这个团队打拼了好几年的核心骨干，我的老板给了我极大的自由空间，让我尽量照顾好自己的身体，降低了我出差和接项目的强度。

就在怀孕期间，某次逛书店，我偶然翻到了李柘远的《不如去闯》，书中关于学习GRE（留学研究生入学考试）的故事让我受到特别强烈的鼓舞，我想起了年少时去留学的梦，我也想去耶鲁读书。抑或是多年前阅读曾子墨的《墨迹》给我带来的力量，让我在做决定的时候突然灵光一闪：我为什么不趁孕期工作强度不高、有时间和精力备考的时候努力一把，去实现自己多年来未实现的梦想呢？

经过一番搜寻和考察，我发现中国人民大学和耶鲁大学有一个"人大—耶鲁工商管理硕士双学位项目"：在人大和耶鲁分别读一年全日制，就可以拿到两个学位。只是难度非常高，虽然是合作项目，但是耶鲁每年在人大只招一两个人。报名的时候我暗暗告诉自己：我一定会被录取。

我怀孕的时候很辛苦，妊娠反应极为强烈，尤其是不能坐车，一坐车就吐。那时候我的工作日常，是打车去客户那儿，我从车里出来就得先跑去洗手间里狂吐，吐完再去买一杯冰咖啡压一压胃里的酸水，随便喝两口就上楼开会了。说来惭愧，我几乎没有为了养胎而忌口，好在所有检查都顺利通过。每次从医院里出来，医生都会夸我和宝宝身体倍儿棒，他可能不知道这是因为我吃什么都香。

从5月开始,我开始了国内的工商管理联考和面试准备,每天晚上6点下班后准时去咖啡厅学习,直到咖啡厅晚上10点打烊,我才回家洗漱,就这样坚持了差不多半年的时间。

2018年9月,我穿着宽松的裙子去参加人大的预录取面试,现场的考生和导师竟没有一人发现我已身怀六甲。

02 赌一把,我不会把孩子生在考场上

我的预产期是12月22日,而全国研究生联考也是在12月22日,完美撞车。在复习过程中,我的家人都非常担心,尤其是我的母亲,强烈反对我去考试:"你说说,万一把孩子生在了考场上可怎么办啊?"她劝我明年再考。我说明年没机会了,在北京,职业竞争非常激烈,带新生儿很消耗精力,必须在孩子出生之前全力以赴地做这件事情。"说不定我提前生了或者考完才生呢?"我这样告诉母亲,心里有着"赌一把"的执拗。

或许是我的宝宝听到了我的心声,在12月7日这一天顺利来到了世间,母子平安。我在医院住了3天,掐指一算,离考试还有10天,回家立马进入了复习状态。

产后复习的状态可以用"狼狈"二字来形容。我买了一个床上小桌板,就是上大学的时候在宿舍里用的那种。每天给宝宝喂完母乳后,就让家人抱走孩子,保证一天至少有3个小时集中复习的时间。

22日那天,还没出月子的我,挣扎着从床上下来,我第一次

发现从家里走到小区门口竟然要那么久，要花费那么大的力气。我挣扎着来到考场，还没开始发卷，就已经觉得奶涨得厉害，只想赶快把题目做完。

几个小时的奋笔疾书后，所有科目都提前交卷。我走出考场，在北京的寒风中发抖，不是因为冷，而是如释重负地激动。

回首这一年，我怀孕、上班、备考、面试，冒着"把孩子生在考场上"的风险考试。我做了我所能做的全部，至于结果，那就交给上天吧。次年3月，成绩揭晓。我差不多以排名前1%的成绩，拿到了中国人民大学的入场券。

进入人大后，我开始深入研究如何申请耶鲁高级管理硕士的双学位。从研究录取标准、所需材料，到请教学长学姐，我给自己定制了一套全方位的准备体系。

为了达到申请耶鲁双学位的条件，无论是考试成绩还是课外活动，我都让自己尽可能成为所有候选人中最好的那一个。

成绩上，我获得了几乎全A的GPA（平均学分绩点），拿了GMAT（管理学研究生入学考试）和雅思高分。

课外活动上，作为金牌主持人，我主持了一系列的校内活动；办了一场如何做PPT的讲座，分享我在品牌公关咨询公司做PPT的独门技巧。

那时我白天去学校上课，晚上把宝宝哄睡后担心宝宝哭了听不见，就在卧室的洗手间里拿个小板凳坐着，开着小台灯，抱着电脑赶作业。

当然，最重要的还是essay（申请材料）和video questions

（短片面试）。

申请材料里有一个问题：How will the MAM program help you reach your short-term and long-term goals?（耶鲁大学管理硕士项目将如何帮助你达成你的短期和长期目标？）我深刻理解了Yale SOM（耶鲁大学管理学院）的使命和价值观，也研究了学院所有的课程，结合自己的职业背景和未来职业目标回答了问题。

短片面试，是电脑屏幕弹出问题，给30秒思考，然后自动开始录制声音和画面，面试者需要在规定时间内回答完问题。规定时间结束后，自动结束录制并上传视频。而且，绝对没有第二次机会。在这极强的高压下，面试官能从几分钟的视频里看出面试者的英文水平、口语能力、抗压能力、工作背景、总结能力、表达能力、沟通能力、逻辑能力等。

这短短几分钟的面试准备，却是我付出最多的一部分，我每天都在录屏练习，思考如何在回答中体现出自己的特质。虽然也沮丧过、灰心过、反复自我怀疑过，但在短片面试录制完，点击鼠标提交的那一刻，我从未如此自信。我知道，多年的工作经验和面试准备绝不会白费。

奖学金面试反而是比较轻松的。经过申请材料和短片面试的磨炼，我早已把自我介绍背得滚瓜烂熟，也准备了非常正式的服装来鼓舞自己。是通过Skype（即时通信软件）来面试的，整个过程比较轻松愉快。

之后，每天我都在想，要是申请上了，我一定要去酷似《哈利·波特》中霍格沃兹魔法学校食堂的耶鲁中心食堂（Commons Dining Hall）吃饭，也一定要去斯特灵纪念图书馆（Sterling Memorial Library）里看书。可我又一想：要是我没申请上，那怎么办？

过了非常煎熬的一个多月，当我登录系统后，一个数字跃然而出——15000美元奖学金！这个数额比我们班主任告诉我的1万美元还多50%！要知道，之前人大的学生最高也只拿过1万美元的奖学金。

那一刻，我一下子不知道该做什么了，心里有如怀胎十月终于生了的感觉。当然，我是真的在现实中怀胎十月后又经历了一次怀胎十月的心路历程。是的，我如愿以偿，被耶鲁大学录取了！

03 耶鲁之旅，是我作为母亲给自己的"重生"

2022年，在耶鲁大学，我以优异的成绩毕业，并作为学生代表在毕业典礼上致辞。很多人问我在耶鲁学到了什么？在耶鲁让你印象最深刻的是什么？如果要用两个字来形容我的耶鲁之旅，我会郑重写下：重生。

我见过美国纽黑文(New Haven)的凌晨，一方面是因为耶鲁的课程繁重，另一方面，是因为我同时还在耶鲁内部的创业孵化中心担任初创项目咨询师，在奇绩创坛担任Fellow（董事），还立下目标要在耶鲁读研期间考下DELF（法语学习文凭）A2级（后来我独自去纽约参加了考试，通过了），同时还要零基础学芭蕾舞（学得还不错，后来虽然换了舞种，但仍在坚持学习），我还经营着自己的自媒体平台……

在去留学之前，我也没想到，作为一个天天跟别人说不要拖延、如何做时间管理的博主，作为一个做PPT、写稿子可以用"神速"来形容的前品牌公关咨询人员，竟然也会苦恼时间完全不够用。每门课每周都有几十页要看的case（案例），都要开小组会议、写paper（论文，耶鲁每门课都有写不完的论文）、搭model（财务模型，多在金融行业使用），巨大的课业压力迫使我往前赶。无论是上课日还是周末，永远都是7点起床、洗漱、做早餐、买咖啡，然后义无反顾地进入看案例、赶论文、搭模型、开组会的无尽循环中。

管理学院自带的图书馆，经常半夜12点还座无虚席，即便是周末，会议室也全都被订满了，大多是学生在那里讨论小组作业。我们同学间经常开玩笑说，在耶鲁管理学院，3S管理体系有一个"不可能三角"，即"Study（学习）,Social（社交）,Sleep（睡觉）"里最多选两样，三者一定不可兼得。

不过学校对学生真的非常贴心，进入期末季，巴斯图书馆（Baas Library）给我们准备了考试buff包（加油包），提供免费星巴克咖啡和饼干；耶鲁健康生活中心（Yale Good Life Center）也给我们准备了爱心礼包，有眼罩和各类安神茶，生怕我们压力大。

耶鲁最大的魅力，就是多种的可能性：学生可以根据自己的职业目标，专注于一个特定领域，如并购或商业分析；也可以拓宽视野，探索知识世界。但对我而言，它带给我最多的，是思维方式的转变，是用思维模型来破不同的局，让人生走上一个新高度。

例如，在管理学院"网红教授"沃瑟斯坦（A.J.Wasserstein）教授的Patterns in Entrepreneurship（商业模式）课上，他让学生像企业家和首席执行官（CEO）一样应对商业机会和挑战，写了很多案例供学生们讨论研究。每节课他都会邀请各种创业项目的负责人与我们远程连线，和我们共同探讨项目中的问题、现状、决策形式等。

其中让我印象深刻的案例有黎巴嫩女企业家幸德·霍贝卡（Hind Hobeika）创办的公司Instabeat，这是一家开发生产可穿戴心率监测器和运动传感器的游泳眼镜创业公司。2016年，她获得了1000多副智能游泳眼镜的众筹订单，但硬件研发和生产遇到了各种问题，导致难以交付。她陷入纠结：是关闭企业、遣散员工，还是另谋思路，扭转乾坤？经过考察，幸德把公司搬到了中国珠三角地区，依靠完整的供应链资源完成了研发。

但好景不长，在不到一周的时间里，和她产品几乎一模一样的竞品横空出世，带着铺天盖地的市场营销走向全球，而她此时资金链几乎断裂。于是，幸德计划将企业和产品出售；本已谈好并购，却又因为新冠肺炎疫情来袭，只等来了融资的冬天。这个公司的命运并没有像我们想象的那样反转又反转，走向人生巅峰，而是像无数初创公司一样，在众筹网站多年未更新的网页上,还有一丝丝存在过的痕迹。

实际上,我们看到的大多数成功的创业者之所以成功,都是"幸存者效应"的作用。其实,创业哪有那么容易,或许是一次短暂的资金流动性问题,或许是供应链的不完善,或许是竞品因为偶发网络事件得到营销机会,或许是影响全球、谁都逃不过的新冠肺炎疫情,都可能让每一步举步维艰,甚至导致创业失败。

但为什么在沃瑟斯坦教授的课上,还要让我们学习这个失败的案例,甚至让"失败者"本人来自曝"家丑"呢?毕竟,MBA课不是应该教人怎么实现成功吗?

其实,这正是沃瑟斯坦教授带给我的思维模式转变。曾经我以为,创业就是要做一个高大上的App,去纳斯达克敲钟才算成功。但他给我们展示的案例告诉我们:创业哪有那么容易,能绞尽心思活下来才是第一要务。他不止一次说:"也许你今天还志得意满,觉得自己的项目要一飞冲天,说不定第二天就发现某个业务管线有问题而导致成本暴涨。你必须紧盯你的终极目标,如果离这个目标越来越远,那就得及时抽身。"因为在沃瑟斯坦教授看来,工作不是人生的全部,整个人生应该用来追求幸福。他给自己孩子写的书中提到:"以牺牲个人生活为代价而建立起来的事业,即使是成为一名空前成功的企业家,也是遗憾的。"这也是我这种在国内习惯了疯狂加班、睡办公室的人未曾设想过的道路。

在管理学院外,我最喜欢的课程是杰克逊外交学院的 Introduction to Special Operations(特种部队入门),在这个似乎和商业管理关系较远的领域，我不仅学了有关特种部队的历史和战例，也反复被教授追问触及商业灵魂的问题："如果你是行动的高级领导者，你会怎么做？"诸如此类的问题不断被提出，以培养我们的深度思考能力和领导力。教授要的不是标准答案，而是希望看到独特的观点。除了阅读大量资料、进行集体课题研究和演讲外，有时我们还会邀请真正的军官来现场讲解。我们甚至组织过一次与美军特种作战部队领导人面对面的模拟简报场景，把自己想象成未来国家安全领域的高级领导人，通过分析战略目标与实际情况做出战略决断，帮助我们在现实中培养筛选关键因素、建立决策框架和做出决策的能力。

再比如，在耶鲁文理学院的著名历史学家、汉学家韩森教授（Valerie Hansen）的China for Present to Past（中国历史）这门课上，我重新以一个全新的视角去看待中国的当代史、近代史和古代史。这些内容都是我曾了解过的历史，但教授问了我们很多我从未想过的问题，例如，如果你是领导者，你会怎么做？这类问题让我振聋发聩，我从未想过把自己拔高到一个国家领袖的角度去思考问题。讲到李清照，除了我们高中学的那些知识外，教授问我们，李清照的婚姻幸福吗？她离婚了以后面临什么样的问题？会有怎样的社会压力？我从未想过从一个女性视角去理解李清照创作背后的心路历程。

很多人问我，去那里读书的人是多大年纪？其实，年龄真的不重要。首先，工商管理硕士（MBA）项目本身对学生就有工作经验的要求，大部分同学都具备五六年的工作经验，甚至有一些工作了十几年的同学，在自身工作领域已经取得了非常高的成就，但他们还想看到更大的世界，了解还有什么地方可以突破，或者单纯地抽出两年时间来读书，也是个非常好的选择。

抛开MBA项目不谈，耶鲁大学处处体现着终身教育的理念。例如在外交学院的课上，大家的年龄区间特别大，有非常年轻的小鲜肉，也有三四十岁的中青年和想继续深造的高级军官。在法语课上，和我一起上课的有18岁的大一新生，也有比我年纪还大的MBA同学。无论年龄如何，在课堂上我们都是一样的学生，大家都从同一起跑线开始背单词、学语法、练口语。这是我终生难忘的体验。

回首在耶鲁这一年的经历，我代表耶鲁主持了常春藤春晚，我加入了Tsai City项目孵化中心，除了管理学院的课程外，我在法学院、杰克逊外交学院、文理学院也收获满满。我每天都在现代科技与古典建筑的碰撞中感受神圣和静默，感受思维方式的突破与转变。

我想，还有什么能让我更好地总结这一段经历呢？当然是被选为学生代表，在耶鲁大学管理学院的毕业典礼上致辞。

我发表完演讲致辞后，我的职业中心导师（Career Coach）对我说，她听到演讲里的"Thank you, Yale SOM, for making this impossible adventure possible"（谢谢你，耶鲁商学院，让这不可能的冒险成为可能），差点掉下泪来。而我更没有想到的是，有个女生告诉我："你居然引用了《律政俏佳人》里女主艾丽（Elle）在哈佛法学院毕业典礼上的致辞：You must always have faith in people. And most importantly, you must always have faith in yourself!"（你必须永远对别人有信心。最重要的是，你必须永远对自己有信心！）我惊呆了，她也记得艾丽在电影里说的话。她说："是的，这部电影也激励了我很多年。"

后记

我在写这篇文章的时候才意识到，原来我曾经读过的书、看过的文章，会在我的心里生根发芽。从16岁那年读曾子墨的《墨迹》，到28岁那年读李柘远的《不如去闯》，还有那部我不记得在初中还是高中看过的《律政俏佳人》，它们在我人生的不同阶段都不约而同地把我引向了同一个方向。即使已经工作多年，即使已经成为一名宝妈，我也依然可以追梦、圆梦、再"重生"。

正如我在耶鲁管理学院毕业典礼上的致辞："Yale is a tangible dream from which we never want to wake up. Yet it's also a new starting point from which we can build our future dreams."（耶鲁是一个实实在在的梦想，我们永远不想从中醒来。然而，这也是一个新的起点，我们可以从中建立我们未来的梦想。）当你心中充满希望，脚下的路便有了方向。愿你眼中有光，心中有梦，脚下有路，一路前行，一路生花。

牛承程访谈录
INTERVIEW

- 南加州大学公共外交专业硕士
- 福布斯中国评选的"北美百名杰出华人"评委
- 获得"胡润北美创新精英"称号
- 获得"福布斯国际教育顶尖精英"奖项

林主编：这是一个关于选择的问题，当时你为什么选择去美国读高中？

牛承程：我当时的情况比较特殊，不是走的传统的private school（私校）申请，而是走的国家教育基金的交换生项目。当时要做的抉择是如果读美国的高四（国内的高三），就要放弃国内的高考。是选择搏一次放弃高考去美国读高中，还是保守一点，在国内好好考大学，之后再去美国读研究生？

那时候是高二上学期，卡在关键的时间点，所以一定要慎重。我知道这个项目的时候已经非常晚了，加上丹东是小城市，信息相对比较滞后，很多信息是模糊且突然的，我自己也不知道该怎么做抉择。

留学这个决定是我妈妈做的，她认为如果为了孩子好，就需要让她尽早飞出去；如果自私一点，就把她留在身边。

我开始加强英文学习，用半年时间考了小托福，在全国200多名考生中取得了前20的名次，通过笔试和面试，很幸运地考上了公立的高中，直接去了美国。2009年秋季入学，飞到密歇根，住在寄宿家庭中。就像插班生一样，没有经过适应期的过程是比较辛苦的，而且之前我年纪较小，从来没有去过美国。从知道出国的机会到准备，再到来到美国一共8个月左右的时间。高中一年，既要适应美国高中的学习，同时要准备申请大学，压力非常大。不过幸运的是，寄宿家庭和学校老师给予我非常大的帮助和支持，让我顺利度过了这一年。

接下来，我面临第二个重大选择——大学去哪个州、哪座城市。我相信这也是大部分想要留学的学生和家长所面临的重大选择。我当时在密歇根读的高中，申请了更容易被录取的本州大学，像密歇根大学、密歇根州立大学。

当时自我认知开始成熟，对生活和学习资源的需求比较高，中部安逸平静的生活并不太适合我对大学生活和机会的诉求。选择大学的时候考虑了两个因素：一是机会成本，我对自己的定位比较清晰，适合对外相关的活动，排名可以放在其后，但一定要选择大城市；二是专业发展空间大，我希望离我的职业发展平台更近一点，专业排名和学校所匹配的社会资源更优。基于这两点，当时首选是纽约和洛杉矶，同时，我对国际关系专业比较感兴趣，喜欢探索国际事务，也申请了华盛顿周边的几所学校。

第二年3月拿到几个offer之后，我还是选择了纽约。都说纽约是"欲望之都"，但也能带给人更多的希望。

林主编：你在美国读高中是一种怎样的体验？

牛承程：我高一和高二读的是一所军事化管理的寄宿学校，早上5：40起床，每日要叠方块被，晚上9：40放学。一个月只有一天假。到了美国，每天早上7：30上学，下午2：30放学，感觉还没开始上学就结束了。

一开始我很不适应，放学之后不知道该做什么。美高的课程相对简单，文科会有一些挑战，但跟国内的学习量比起来少得多。我需要去观察其他同学都在做什么，在老师和同学的建议下，我参加了兴趣爱好组和各种俱乐部。我当时参加了学校的合唱团，做义工教一些孩子中文，还参加了社会志愿者的活动。因为参加这些活动，我深入了解了美国文化，结交了很多美国朋友。这也影响了我接下来读本科、读研究生整体的一个社交逻辑和方式。2009年的大部分时间仍然是和各种组织或者俱乐部圈子里的同学在一起，所以我的英文水平提高得很快，对文化的理解也越来越深入。

我认为一开始到异国他乡建立起社交圈还是蛮重要的，我在美高的经历帮我建立了在美国应该如何生活的"三观"，因为更独立了，所以做决策更果断了；因为学会了接受和包容，所以格局更大了。到了大学，我自己选择专业和做其他决策时更加清晰和果断。

刚来美国的时候，我修了一节课international relation（国际关系）。老师是德国人，他给我的印象非常深刻，他给我们放了很多国际历史政治事件，对我的影响很大。我也对这个领域很感兴趣，大学就学了国际关系。

林主编：当时你知道学国际关系以后能做什么吗？

牛承程：当时我认为是做与外交相关的工作，参加一些NGO（Non-Governmental Organization，非政府组织），做一些对社会有意义的事情。那时候我才19岁，并不知道选择国际关系的真正价值体现在哪里，但有一份执念，认为这个选择是对的，我想研究的事物可以支撑我的初心。

林主编：大学期间你有什么特别刻骨铭心、难以忘记的经历吗？

牛承程：我大学是双专业毕业，学了数学。我当时上数学微积分课的时候，成绩比较好，老师也比较关注我。大二的时候，有一场"美国大学生数学建模竞赛"的世界数学竞赛，各个大学都有几个代表去参赛，我们数学系老师就问我要不要去参加，我就答应了。因为要参加这场比赛，需要学些其他数学课的内容来做准备，我就多修了两三节数学课，导致我数学课的专业越修越多。老师提议让我再拿一个数学专业的学位，我想也不亏，因为大四后半年的时候，也没特别多的课了，我就趁着大四最后一年，把数学专业学位也拿下来了。

我从未想过一个文科生会去参加数学比赛，我觉得这是非常好的机会，能锻炼我的逻辑思维能力。因为文科生看问题大而全，不像理科生看得细而专。数学专业确实能帮助我思考问题，包括看问题时的完整性。

大学时，我结交了很多朋友，参加的学生自治组织里的同学基本来自世界各地，非常锻炼我的领导力和与人相处的能力。尤其当我可能是这个组织里唯一的中国人时，他们都很照顾我，我本着英语不是我的母语，说错了大家也不会怪我的心理，在一些活动和竞选上比较敢表达，同学反而认为我比较自信，我也因此成为学生会的领导者。

林主编：你学的专业怎么样？毕业之后同学都从事什么工作呢？

牛承程：我选择的专业比较特殊，叫Master of public diplomacy（公共外交），在南加大的传媒学院。我去读的时候这个专业成立还没几年，专业也比较新，南加大是第一个在美国成立这个专业的学校，我当时也是与各方专家、教授聊过后，才决定选择这个专业的，当时这个专业一共才18个人，来自各个国家。

我的很多同学都是中层职员或干部，被国家赞助来这里学习，年龄跨度比较大，最年长的一位同学将近60岁了。虽然我们的专业人少，但是确实很有趣。加上南加大传媒专业非常强，全美排名也很高，整个项目体验非常好。

这些同学现在大部分去了各个国家的外交部，或者在NGO和智库中，担任外交官员或者非常研究员等。也有同学继续读博士，成为导师。

林主编：你从南加大毕业之后发生了什么？

牛承程：快毕业的时候，因为当时在学校里做的事情跟传媒、国际交流相关，我就想自己创业，做可以改变大家对很多事物看法的平台，让更多人看到世界多面性的窗口。我在寻找志同道合的合伙人的过程中，遇到了我创业的合伙人，也就是你（林主编）。

这一段故事比较特殊。在北美的创业圈子里，我们创业这么多年，没有任何的矛盾，一直是很好的朋友，相互支持至今，这是非常少见的事情。我想这一定跟我们的相处方式以及价值观有很大关系，我们的初衷一致，为人同频，我觉得这两点很重要。

我们是一起作为实习生加入一家公司的，当初我花了大概两个月的时间观察你是不是一个可以和我一起创业的人。发现你想做的事情也是我想做的，而且你很坚持，虽然当时你受到了各种压力和诱惑，但没有忘记自己的初心，对团队和伙伴的忠诚度和责任感很强。这是我很看重的。要知道，选择做新闻传播相关工作，在给公众表达和传递一种价值观时，容易受其他立场的影响而改变自己的初心。所以在两个月之后，我毅然下定决心，我们一起创业。

毕业之后我在纽约开了公司，你在北京开了公司，我们一起创业，把我们的公众号从当时不到60万粉丝，做到现在拥有五六百万粉丝。

林主编：这个过程确实挺不容易的。最后总结一下，你觉得留学带给你最重要的东西是什么？

牛承程：我觉得是改变人生，提升了人生境界，让我更相信自己，不怕输；看问题不再只看到表面，能够深究其背后的原因。当你真正理解了问题的本质后，你站的高度和对世界的认知就会改变，你也会发现更美的风景。

Rex 王远望访谈录

INTERVIEW

- 星辉国际教育创始人,每年 50+ 牛津、剑桥录取案例
- 剑桥大学政治、社会和心理学荣誉学士及硕士
- 福布斯海归精英 100 人 / 国际化领军人物
- 从普高理工男到英美双申大满贯,从伦敦投行到回国创业的不躺平人生

林主编： 你是在怎样的家庭环境中成长起来的？你的家庭对你的教育规划是怎样的？

Rex王远望： 我爸妈都是高知，具有学术化的背景，爸爸是中国科学院的博士，妈妈是医生。他们在小地方长大，一步步考到非常好的大学，然后顺利留在了北京，通过教育改变了一生。所以我从小树立的价值观就是知识能改变命运。

当年他们选择留在北京，没去深圳或其他南方城市接受高薪聘请，其实就是为了我的教育。那个时候南方发展得还没有现在这么好，我爸妈觉得北京的教育资源对我来说是最好的。

小时候，我爸妈工作特别忙，从外地来北京，然后扎根下来，真的是白手起家。一开始他们不太清楚北京的升学逻辑，我在一个很一般的小学上学，但他们会一直抽时间在周末带我过一遍在学校里学过的内容。

小学四年级左右，他们就专门花钱请外教每周到家里来陪我聊天练口语。除了练口语外，我爸妈还有两个目的，一个是培养我在外国人面前的自信，另一个是在交流中提升我的认知，丰富我的价值观。我和外教聊他在美国的生活、来中国的感受，以及我自己的成长感悟等。这个事持续了很多年，一直到初中。

快到升初中的时候，我爸妈才了解，北京小升初非常麻烦，当时正好是奥数兴起的时候。如果你没有才艺或者在奥数比赛、英语演讲比赛中获过奖,很难升到一个优质的初中,尤其是我的小学在海淀。我爸妈就咬牙说必须全力以赴。

所以我到五年级的时候,才开始学习奥数知识。我爸本科学的是数学专业,底子很好,也亲自带我学,结果我很快就通过了人大附中的选拔,取得了一些成绩,升初中的时候比较顺利。

后来我了解到我应该是补录进去的,水平跟中关村一小、二小、三小的学生比,还是有差距的。这注定了后面几年学校生活我过得比较艰难。我发现我是完全被孤立的,甚至是被霸凌的,因为那些孩子先我进入实验班,他们在奥数班、课外班里面就认识了。我跟他们没有太多交集,成绩倒数,导致我非常不自信。就这样过了一两个学期。

我当时看得很明白,既然你们的规则很透明,就是谁成绩好谁就厉害,那我就要在学校"卷"你们(笑声),所以我就闷头苦学。

大概花了一年时间,初三的时候,成绩终于上来了。那个时候我的成绩基本上能保持在人大附中的前50名,基本上就是海淀的前50名。然后我就考到了人大附中的高中部。

那个时候我给自己提了一个新的要求:我不能只满足于融入这个班级团体,而是要成为佼佼者,或者说领导者。

所以我高一的时候就去竞选班长和模联主席,基本上都能成功当选。高一暑假的时候,发生了一个巨大的转变:我父母了解到那些顶尖的孩子在想什么、做什么以后(也受到刘亦婷和曾子墨的影响),他们就萌生了让我出国的念头。

我考上高中后，成绩很好，当时没有想过要去国际班或者国际学校。因为那个时候人大附中的国际课程，在主校区只有A-Level（英国高中课程，也是英国学生的大学入学考试课程），没有别的课程，而且中考分数线要比本部低很多。对当时的人大附中学生来说，实在考不上高中，又不想去别的学校，才去那个项目。

高一夏天的时候，我妈就建议我去申请夏校，出国切身感受一下。当时还没有针对高中生的夏校，耶鲁的夏校当时要求17岁才能参加，我的年龄不够，申请的时候，我专门写了一份额外的SA（支持性论据），最后我破格被录取。

去了之后，我被其他人完全碾压。但我比较较劲，每次都给自己一些挑战。家里人处于工薪阶层，耶鲁的费用又很贵，我觉得此行必须值回"票价"，所以选了之前不熟悉的人文社科，想着能多长长见识。

去注册的时候才发现我是整个项目最小的学生。高中生可能占30%，大家基本上都是高二上完才去的，包括有些是高三上完后想提前修学分。70%都是大学生，有国内交换过去的，这些人都是大学生里面最优秀的一批。我作为一个高一的学生，在全项目里年龄最小，加之学这些东西完全没有基础，所以很难跟上节奏。

我听课的时候，老师的每一句话差不多都能听懂，但串起来我就不能理解了。所以，我就偷偷录课，下课之后去图书馆听。一般要听到第二遍或第三遍，我才能把笔记做完整。结业的时候，老师应该是考虑到我是最年轻的学生，都给了我差不多A的成绩。虽然过得非常疲惫，但这段经历确实彻底改变了我。我百分之百确定，我是要出国的。

来到夏校的都是从世界各地来的一群有志向、有梦想的年轻人，我第一次跟不同国家的同龄人交流，发现生活原来可以是这样子的，我也很喜欢教学的模式。我意识到，学习根本没有所谓的死记硬背，而是你自己要先对这个理论有一定的了解。课前是要做预习的，课上老师会给你讲讲理论，但更多的时间用来讨论和发散思维，而且也没有所谓的对和错。课上给我印象很深的，是很多外国学生虽然一知半解，说的很多东西都不准确，但他们特别有信心、有勇气，每次都勇敢地站起来回答问题。后面我掌握的知识虽然多了，但老师提问的时候，我还是不敢站起来说。

我认为，出国留学虽然能利用名校平台的资源，但更重要的是买一个见识，买一个价值观。19岁正好是价值观定型的时候，前面大的框架都已经打好了，后面如果能获得一个发散性的见识，就能有再往上拔一截的增长。

所以我回国之后就做了两个决定：第一是出国，不参加高考了；第二是我想学人文社科。我的兴趣确实被激发出来了，学了之后发现好有意思。

当时没有任何做背景提升的机构，只能是学校里举办什么竞赛，我就参加什么竞赛。在学校老师的帮助下，我参加了AMC（美国数学竞赛），拿到了一个不错的分数；还参加了UKMT（英国数学竞赛），拿到一个金奖。剩下的需要什么就做什么。比如，我想学人文社科，但A-Level当时的选课里面没有人文社科，全都是理工科，所以我自己又报了五门AP（美国大学先修课程）。报的五门人文社科纯自学，最后也全部考了五分。在科研成果方面，就让爸妈帮忙介绍，找到一个北大的心理学教授，求他带着我做课题。一切从零开始，然后努力往前推进，最终我去了剑桥。

林主编： 你本科三年在剑桥就读，你可以从剑桥的学制或学院方面来系统讲一下你的大学经历吗？

Rex王远望： 到达英国之前，我曾以为英国和美国的区别只在于口音。但是到达之后发现唯一的共同点就是语言，其他全都是区别。从到英国那一刻起，我就发现英国人的做事方式，包括在学校的学习模式，和美国人有着本质上的区别。

美国的教育体系更倾向于通才式教育。历史上，美国教育体系中的私立大学是为独立后的殖民地培养人才的，所以更倾向于全方位的培养模式。同时私立院校希望学生能带来回报，教学并不是不计回报的。通才式的教育更能激发人各个方面的潜能，这也符合当时美国发展的需要。

而英国的院校制度也有很多好处。英国的牛津、剑桥等学校都是公立的，一直专注于培养科学家和学者。在这种学校，做学术才是正经事。如果学术做得好，整个学校的资源都会向你身上倾斜。

比如我有一位朋友，在某专业的某次期末考试中刷新了历史最高分，他所在的院系中很多认识他的老师都给他送礼物，发祝贺邮件，还会酌情发放奖学金。如果考试成绩很好，有的学院可以根据考试排名选宿舍。如果考了一等学位，在学院的Formal Dinner（正式晚宴）上可以作为学生代表去念拉丁文祷词。总之，学习好的学生会有一系列特权，这就是牛津、剑桥的传统。

英国高等院校整体数量很少，也就100多所。而美国有3000多所大学。但英国几所好的学校，尤其是前十的院校，在学术圈的话语权非常高。

美国的院校就完全不一样了。私立院校收费更高，服务更好，致力于激发学生的潜力，给更多的选课范围。虽然开始会很难，但学生能上的课程种类很多，趣味性更强，很多学校有独特的网红课。社团活动很多是美国院校的优势，哪怕学校在治安不是很好的街区，日常生活也不会有问题。美国院校里的学生是经过学校主观筛选的，录取的学生和学校风格比较搭，甚至不少私立院校有"套路"，也就是要培养什么人，学生需要具备什么样的家庭背景、性格之类的，申请者会发现各个学校的招生特点。

但是牛津、剑桥不一样。公立学校总体费用便宜，因此在保证学生的学术资源之外，在职业规划等课外方面就没什么资源了，或者非常有限。因此在未来规划上要自己去想怎么做。公立院校录取的学生背景相差非常大，录取学生看的主要是成绩，有腰缠万贯的学生，也有家境贫寒的学生，上到欧洲和中东国家的王子公主，下到全家托举的新移民子女，每个人都非常优秀，但大家背景差异很大，性格特点、兴趣爱好都不一样，很难有共同语言。

大一那年我得到了一个春季实习的机会，顺利申请到一个投行，这是个对我影响很大的项目。在实习期间，我和英国投行的HR聊了很多，了解了投行对申请者的考察标准，以及这一行如何积累资历，我一直照着标准去努力。大二我也在投行做夏季实习。基于各种各样的经验，我顺利地申请到了德意志银行的管培生项目。

　　经过那几年实习，我极大地提高了个人能力，也参加了很多社团活动，后来还做了华人学生会的主席和校友会的执委会，代表大家去和校方交流，主办各种活动，保证大家的学习生活是顺利的。我那会还是学科社团的秘书长，邀请过在耶鲁认识的教授去剑桥做讲座，做学术交流。

　　我在学院的发展办公室也工作过，负责联络校外关系、募捐，参与制定学院未来的发展方向等，和很多世界各地的校友建立了联系，从美国的议员到欧洲的创业者，包括各种各样的人，这极大地拓宽了我的视野。

　　此外，这段经历让我了解了学院乃至学校的整体发展方向和布局，比如在亚洲的招生方向、学科重点，还有招生办的工作流程，这对我后来投身教育行业，帮助学弟学妹做申请打下了非常独特的基础。

　　牛津、剑桥有一个很重要的教学体系，就是学院的小班课系统。一个老师对应3—5名学生，每周大概两次，围绕已上过的大课内容做拓展讨论，上课之前要先写论文。教授会进一步引导讨论，并为大家补充新观点，提出新的问题来启发大家，使思考更深刻。这也是学生不断完善自己的观点、深化学科理解的过程。在这个过程中，学生会越来越热爱自己学的学科。

牛津、剑桥作为公立院校，几百年来一直保持一流的学术水平，或许精髓就在此。大学让顶尖教授、诺贝尔奖得主抽时间和年轻的本科生一起对谈交流，在这个过程中，如果你有独特的信息或视角，这些优秀的教授也会向你请教。比如，我就遇到过一位教授问我中国的一些现象具体是什么样的，他自己再去查资料，然后找我进行二次讨论。小班课的教授一般是根据学生的选课来确定的，如果本院没有合适的人选，就从其他学院借调。

教授有多少资源、专业水平有多高、对学生有多上心、风格是否合适，很多时候对学生的就读体验、成绩水平起决定性的作用。这是学院不可替代的特色，我甚至认为自己学到的精髓都来自小班课。

剑桥的录取规则与牛津不太一样。牛津的学校层面话语权大一些，申请牛津某学院的申请者可能会被调剂到其他学院，但剑桥的可能性会小很多。申请者向剑桥某学院递交申请，一般来说，学生是不会被调剂到其他学院的。每个学院的风格各有不同，有的学院非常卷，有的就相对友好一些。

林主编：你所知道的中国学生，现在对申请名校的准备处于一种怎样的阶段？作为一个过来人，你对当下申请名校的家长和学生有怎样的建议？

Rex王远望：时代完全不同。我当年什么资源信息都没有，申请的时候所有的方法都尝试了一遍，也没什么能帮忙的机构。

2018年回国看到留学市场的发展，我很激动，也很感动。现在，每一个留学细分领域都有优质的资源和机构，中小型机构中也有非常靠谱的，能做出差异化的优质服务，这在当年是不可想象的。曾经的我在申请时非常希望有靠谱的优秀学长学姐，可以向他们请教，收钱也没问题，但是并没有。现在市面上的选择已经很丰富了。

教育机构"百花齐放"才是最好的状态。

所以我给家长的建议主要有以下几条。首先，要自己掌舵。有些家长觉得要找专业的人来执行、提供信息等，自己可以当"甩手掌柜"。但是，专业的人是不能代替家长做决策的。家长一定要了解信息，全盘参与，掌握主动权，这样才能有好的结果。

其次，要"货比三家"。对机构、对未来出国目的地的选择，都要保持灵活性。不要只认某些被推荐的学校，也不要只认某些招牌。我当年本来一心要去美国，最后去了英国，收获也非常大，让我受用一生。不要执着于去哪里，家长要为孩子做的，是去谋未来最大的可能性。现在竞争非常激烈，所以一定要做多手准备。

再次，也是最重要的一点，我做教育创业以来一直在讲，今后，英国、美国的留学申请会越来越卷，所以一定要实现差异化。该怎么做呢？第一，要有自己的原生兴趣，这个兴趣是孩子自己真正想做的，而不是家长"填鸭"教育出来的；要为原生兴趣去做长远安排，而不是申请前一蹴而就。第二，要为长远安排提供完整的未来规划，而不是像我当年一样规划得零零散散。对于家长来说，这些如果都能做到，孩子就能在这个时代脱颖而出。

Tina 姐姐姐访谈录

INTERVIEW

- 香港中文大学硕士
- 头部知识博主
- 异国情侣跨文化传播者
- 7年时间,从北京到香港,裸辞创业环游世界,过不被定义的大女主人生

林主编： 你出生在一个怎样的家庭？父母对你的教育规划大概是怎样的，以及大学之前的学业经历是怎样的？

Tina姐姐姐： 我出生在北京，也在北京长大，我爸妈都算是那个年代的做题家。我妈是内蒙古中考市状元，我爸是湖南高考区状元，他们两个都是在学习方面比我厉害不少的人。

我自己的经历其实还蛮有意思的。我在上小学之前，都是爷爷奶奶管，因为父母的精力都在赚钱上。所以我从小被养得非常任性，想做什么就做什么。当时进幼儿园交了一大笔赞助费，但是我不懂得珍惜，每天上学都哭，跟同学打架，根本不爱上学，是一个非常叛逆的小孩儿。后来上了三个月，我在幼儿园被传染了肺炎，聪明的我抓住这个很好的退学契机，死缠烂打不想再上学，爷爷奶奶很溺爱我，就同意退学了。于是，我的童年迎来了高光时刻，每天无拘无束地玩，这极大地激发了我的创造力，也培养了我热爱自由的性格底色。

很多人说创业成功的人，不少都退过学，而我是退的幼儿园。后来我学习跟不上，好不容易才挤进一所北京西城的市重点小学。

小学一年级的时候，我印象非常深刻，因为我写字太难看被语文老师找了家长。当时我爸妈就意识到，把教育扔给老人是不行的，一定要亲自培养。所以从那时候开始，我爸妈就舍弃了很多工作，全身心地来培养我。

如果说，6岁之前我还是一个非常叛逆任性的学渣，那么被找家长之后，我接受的就是完完全全的陪伴式精英教育，因为我爸妈开始天天盯着我学习了。我上课外班，他们就坐在后面陪着我。从6岁开始，所有市面上的课外班我全都上了，小升初占坑班、奥数班、英语外教班、语文古诗词班、少年宫朗诵班、合唱班、毛笔字班等我一个不落。我周一到周五白天在学校，晚上在上课外班。我当时在北京西城上学，但很多名师在海淀，于是我晚上放学坐一个小时车到海淀上课，在车上吃晚餐，上完课再坐一个小时车回家。

之后的很多年，我都像个做题机器人。我上初中后成了学霸。中考时我超常发挥，成绩能够任意选择北京所有高中，因此我顺利进入当时报的第一志愿——北师大实验中学的理科实验班。

进了市重点的理科实验班，所有人都对我有着非常大的期待，甚至我对自己都有很大的期待。但事实是在我高中三年苦读后，高考却考得很一般，给我的基础教育生涯画了一个不完美的句号。

出分后，我知道我没被第一志愿录取后，就在家里哭。我一边觉得对不起父母，因为他们放弃了很多来培养我；另一边我又不知道自己哪儿做错了，我所有的时间和精力都用来学习了，该吃的苦我也吃了，该刷的题我也刷了，但最后的考试就是没发挥好。

所以当时,我非常羡慕我们中学的国际部学生。他们的成绩有好的,也有一般的,但是最终都能拿到很多学校的offer。他们的考试成绩可以反反复复刷新,不管是SAT(也称"美国高考",是由美国大学理事会主办的一项标准化的、以笔试形式进行的高中毕业生学术能力水平考试)还是托福等其他考试,都不是一锤子定终身,并且是出分后才提交申请,申请的流程也更加灵活。我觉得我比他们都努力、勤奋,但最终的结果却没有他们好,这背后是他们比我有更多的机会和更多的选择。

林主编: 真的是遇到了很多中国家长遇到的问题。那么后来怎么决定出国的呢?

Tina姐姐姐: 因为国际部学生的影响,我也想去看看外面的世界。所以在大三的时候,我就申请去芝加哥大学做交换生两个学期,那两个学期让我大开眼界。我接触了不同肤色和民族的人。

我很羡慕外国的小孩儿普遍都很自信。后来在学校遇到的老师和教授,他们总是鼓励我,给我一些积极的暗示,让我不断去挑战自己,我也变得越来越勇敢。我印象非常深刻的是,去了芝加哥大学投资学老师的家里,他有一个女儿,然后又领养了一个孤儿。在他们家,我们跟小孩一起爬树,一起喂狗,完完全全处于放飞自我的状态。他们领养的那个孤儿,童年经历过一段痛苦时期,但是在这对夫妇的培养下,是那么自信和快乐,这给了我一个很大的感触:生活其实是有无数种活法的,教育的核心是给予孩子适合的外在环境与内在陪伴。在芝加哥大学的同学、老师感染下，我也变得更开朗、阳光、自信，遇到不同的问题，也会运用批判性思维沉着且灵活地应对。我变得坚定且开放，内心也愈发成熟。

我本科学的金融，后来硕士在港中文学的政治经济。我到香港以后，觉得特别适应。

林主编：你在香港的求学经历是怎样的？

Tina姐姐姐：在港中文读书的日子，是我人生中幸福感最强的求学经历之一。学校建在山上，每天上学就是爬山。香港这个地方虽然不是很大，但是山水围绕，自然风景非常好。班里同学关系融洽，大家毕业后的发展都还挺好的。小部分留在香港，大部分还是回到内地。我在香港的这一年，边学习边找工作，当时也开始做自媒体创业，几件事一起齐头并进。

香港的生活节奏非常快，刚入学老师就催促我们要开始积极找实习和工作，还邀请学长给我们做分享。然而香港的工作并不好找，我当时投了很多简历，也没什么反馈。后来第二个学期，我投了一家香港的央企，经历了笔试和好几轮面试，终于拿到了招商局offer。当时觉得自己真的好幸运，可以留在香港工作了。

林主编：最后你入职了招商局？

Tina姐姐姐：对，在招商局做管培生。

林主编：如果要你给想来香港读书的同学一点建议的话，你怎样去描绘香港的高等教育资源？

Tina姐姐姐：香港的高等教育，是中西方融合的新时代教育。

香港的一些公立学校，学生还是非常累的，孩子可能晚上九十点还在做作业。但是它又开了一条国际路线，家长可以选择让孩子综合发展，也能去到不错学校。在香港接受怎样的教育主要依赖于家长的认知和财富，认知决定了下限，财富决定了上限。

香港的教育资源很好，孩子的赛道选择更多，可以往外跳，也可以往里跳，还可以原地跳。可以把香港作为国际化平台，把孩子送到海外；也可以让孩子参加华侨生联考，考回清华、北大；还可以让孩子参加香港高考DSE考试，考香港本地大学。毕竟港籍孩子在本地稍微好一点的中学高考分数超过平均分，就有机会进入港大、港中文、港科技，而北京考生高考需要接近复旦、上交的分数线才能去香港前三的学校。

林主编：你觉得在香港求学和那时候你做副业的经历，对你现在做的事情有什么帮助？

Tina姐姐：香港职场的边界感很强，每天9点上班，下午5点半下班，下班以后没有人会来找你。所以我一直在做副业，一方面做自媒体账号，扩大影响力；另一方面做国际教育，帮学生做英联邦地区的学校申请规划。在辞职前我反复犹豫了半年时间，但真正让我下决心跳出来的一个点，是我想去做自己，做一点自己真正喜欢的事情。

我裸辞后做的第一件事就是环游世界，一年半的时间去了31个国家，写了几十万字的稿子。见天地、见众生、见自己。此外，我还不断尝试创作视频、持续直播、分享认知观点，小红书涨到了26多万粉丝，幸运地变成知识博主。当我去港理工拍视频，在食堂被4个粉丝认出来的时候，我意识到，原来这就是影响力。

在生活方面，我在这里遇到了我现在的老公，他来自比利时。和他的相处，也让我对国际教育有了更深刻的理解。我确立了自己新的使命：做一名正向的跨文化传播者。

李乐贤访谈录

INTERVIEW

- 建筑类影响力人物
- 全网 100 万读者建筑设计类留学博主
- 在麻省理工学院、加州大学洛杉矶分校、雪城大学有任教经历

林主编： 你来自怎样的家庭？大学之前父母对你的教育是怎样的？

李乐贤： 我家是知识分子家庭，我外公就是留学生，他学的专业是公共与民用建筑，现在叫土木工程。

他当时学这个专业的方向是桥道工程，就是桥梁和道路结构这一块。他是去日本留学的，当时学完以后是可以留下来的，20世纪六七十年代的时候，日本的薪资各方面肯定比中国高不少，但他在那边学成以后就归国了，应该是受到他在西南联大读书时的学长茅以升的影响。茅以升是位桥梁专家，后来成为中国铁道科学研究院院长，也是美国工程院外籍院士。我也受到外公的影响，学了相关的专业。高一的时候，我外公就去世了，当时我就下定决心，要往这个专业方向走。

我父母也是从事相关行业的，学的是工业与民用建筑专业，我母亲学的是自动化专业。他们当时通过技术移民的方式到了上海的宝钢，我就跟着他们一起过来了。我潜意识里面就觉得自己应该是学这个的。读书的时候，我在绘画方面比较有天分，后来高考之前，老师说我参加艺考肯定可以考到很好的学校，因为我的文化课成绩挺高。但我觉得选专业还是应该严谨慎重一点。我考上大学以后学的是理工科专业，应该说我在心理层面受家里人的影响比较大。

20世纪90年代末，我父亲从体制内出来以后就下海做房地产生意。父母从事房地产行业，孩子学建筑专业，就感觉挺合适的。但没想到房地产是有周期的，有好的时候，也有不好的时候。纵观房地产30年的发展历程，我发现房地产和建筑学其实挺不一样的。房地产是一种商业和金融行为，它对建筑设计的品质追求，是从经济层面上去考虑的。建筑师有的时候跟艺术家很像，想做出一个自己的作品，有大师情节。后来我就没去接触太多房地产，我参与的项目更多的是公共建筑、文化建筑，比如上海天文馆、哈尔滨大剧院这类型的建筑。

后面去美国留学以后，在加州大学洛杉矶分校和哈佛大学担任过教职和研究员，但还是想做设计，就去纽约的Ennead Architects工作了7年，往返纽约和上海办公室，做的都是公共文化类的建筑项目。在此期间，我还做过很多大学评图和讲座的兼职，包括美国的麻省理工学院、雪城大学，国内的同济大学、上海交大、西交利物浦等。

林主编： 你的大学是怎么规划的？什么时候确定要读大学，开启自己的高等教育历程的呢？

李乐贤： 这个说来还有点心酸，出国留学和读研究生，在我上高中的时候就已经确定了，我初、高中读的都是国际学校。我父母他们本来希望我本科毕业了以后，就跟他们一起去做房地产项目，画楼盘住宅图也比较简单。

我高中的时候是想出国的，想去密歇根大学读建筑专业。因为我当时上的苏州国际外语学校在密歇根有绿色通道。但我父母下海做房地产项目的时候，赶上2007、2008年的经济危机，钱周转不过来，处于负债的状态，经济上比较拮据。为了保险起见，他们让我参加高考。

我当时跟他们讲过，还是想出去读书，毕竟国际学校读了6年，就是为了出去读美本，所以后来高考准备得很仓促。考上大学以后，虽然学了理想的专业，但是大学一般般。大一的时候我就已经开始规划留学了。

那个时候能发建筑学学士学位的学校有34个，我上的学校属于末尾的，但是也得过一本线的分数才能上这所学校。我大一就开始规划，学英语，考GRE（研究生入学考试）。我托福有基础，又去新东方巩固了一下，大二就出去实习了。因为这个专业比较注重实习经历，基本上我大二、大三、大四都在实习。

我们当时运气不错，碰到参数化的浪潮。那个时候大部分建筑师画图还是拿手画，跟西方有很大的信息差鸿沟。

我觉得学好英语还是很重要的，当时我已经看到海外英文网站上一些学校做的东西，包括他们是用什么东西做的，于是我在本科的时候就开始练，实习去的也是国际事务所，很快就掌握了这一套东西。我申请时用的作品，可以说不亚于美本学生的作品。

算起来我的经历是特别丰富的，均分反而不高。但是我的专业课分数一直都是全年级第一。

林主编：所以你本科是在国内读的，研究生去了加州大学洛杉矶分校的建筑学院？

李乐贤：对，加州大学洛杉矶分校那时候录的人比较少，基本都是国内双一流本科生。所以，当时我能申请上加州大学洛杉矶分校，还是有点小轰动的。

我当时也拿了哥大跟宾大的offer，但是因为我特别喜欢我的研究生导师格雷戈·林恩（Greg Lynn），他是最早做参数化的建筑师，刚好跟我要读的方向完全吻合，而且拿过普利兹克奖的两位得主弗兰克·盖里（Frank Gerhy）和汤姆·梅恩（Thom Mayne）也在这所学校教书，从师资的角度讲这所学校是我的完美之选。

林主编：在世界范围内，建筑学的高等学府有哪些？

李乐贤：就建筑学的发展而言，它本身的体系是在西方建立的。德国、英国的院校，对于现在建筑学的教育体系起着奠基的作用。美国的建筑教育，其实完全是跟着时代和城市化发展而来的。

欧洲的城市化主要是在工业革命时期，比较早。但是真正对现代化城市的影响比较大的，是美国整个建筑学科和科技的发展。我认为它的高速发展是来源于1871年芝加哥的大火，一场大火烧了几天几夜，把市区的大部分区域烧毁。建筑师得以有施展才华的机会，后来就有了芝加哥建筑学派。他们创作了超高层建筑Art Deco（艺术装饰风格），他们用钢筋混凝土和玻璃造房子，也就是我们现在看到的超高层建筑。所以美国的建筑行业跟建筑学，在那个阶段蓬勃发展，一直延续到二战后接替英国成为世界霸主之后。

所以，在世界范围内选择学校读建筑学这个专业的话，如果不是完全在大学里面去做建筑史学研究的话，做实践项目最好的肯定是美国（国际建筑事务所数量最多），其次是英国，比如英国的伦敦大学学院和英国建筑联盟学院。德国的院校里，工业联盟院校的建筑专业都不错，像慕尼黑工大、斯图加特大学都是很不错的选择，但他们是比较偏理工科思维的，比较难毕业。还有些专业要用德语去申请，像苏黎世联邦理工学院、门德里西奥学院。

欧洲其他地区的话，值得一提的是号称性价比之选的荷兰代尔夫特理工大学，但只有国内211院校才能申请，唯一一个非211院校可以破格申请的是老八校中的西安建筑科技大学。还有米兰理工大学，芬兰的阿尔托大学，瑞典皇家理工学院……北美地区主要以藤校为主。哈佛、耶鲁、普林斯顿、哥大、宾大、康奈尔，基本上是这六家，再加上麻省理工、加州大学洛杉矶分校、加州大学伯克利分校，基本上就是第一梯队了。第二梯队有密歇根大学、华盛顿圣路易斯、南加州大学，然后有个值得一提的叫南加州建筑学院（和南加州大学不是一所学校）。也有一些艺术类的院校会开设建筑学，比如罗得岛设计学院。

澳大利亚的墨尔本大学、悉尼大学、新南威尔士、阿德莱德、莫纳什……这些学校会开设建筑学，QS排名也挺高的。还有加拿大、日本、韩国、新加坡等国家都有不错的建筑专业。

林主编：很多同学对建筑学感兴趣，你觉得什么样的学生适合学建筑学？

李乐贤：从学科的角度来讲，建筑学有工程和艺术的属性，但学的过程中，它又不是偏理科的一个学科，甚至它对高等数学的要求都是非常低的，就大一学一学期就行了。在欧美院校，基本上是不怎么学理科知识的。只需要懂结构选型，不用具体去算结构和材料的用量和配比是多少。

具备艺术感知，并有一些理性思维和逻辑思维的学生，是比较适合学这种建筑学的。我觉得看一个人适不适合学，可以把建筑学科里面的一些东西，比如像皮特·埃森曼、约翰·海杜克的作品拿出来，看他是否喜欢这些，是否享受把发散性思维落地的过程。如果他不太享受这个过程，不喜欢创作，不喜欢设计，那我建议就不要学。因为这个学科跟学医差不多，挺苦的，在学校里要熬夜画图做方案。另外，要看性格。两种性格的人适合学建筑，一种是建筑师人格（INTJ），愿意把一个东西落地，独立思考能力非常强。

另一种是想做管理、做运营的人。这一类人，要么去做公司里面的管理层，去拿项目做商务；要么可以做公务员，又会盖房子，又懂规划，这属于公共事务层面的东西。所以建筑学科并不简单，它要求组织能力要很强，而且要能落地。现在很多互联网公司的运营总监或者内容总监都是学建筑的，像小红书的内容运营总监就是学建筑的。

林主编：你觉得中国学生冲进这种顶级的建筑学院，应该做什么样的准备？

李乐贤：我觉得建筑学这个专业在升学上是很讨巧的，可以通过建筑（作品集）去申请硕士或者本科，这算是一个捷径。有点像艺考，你会比较容易考到好的大学。申请过程中有一个考量标准，比如中国学生，大部分作品集做得非常漂亮，特别愿意研究画图，就可以做成功模式路径的一个复制，有时候均分低一点也是可以的。

我觉得很重要的一个原因是建筑学本科的美国本地人，本科毕业就工作了，很少有去读研究生的。就算读研，也比较愿意去加州大学洛杉矶分校、加州大学伯克利分校这种公立大学，因为便宜。进入社会以后，回本的速度会非常慢。刚参加工作前5年，是很穷的一个状态，还要还助学贷款。但中国学生不一样，很多都是家里面资助的，甚至都不在乎奖学金，那么就非常容易能冲到顶尖的学校。

我跟你讲一个很夸张的，哈佛大学的设计研究生院，就是建筑学院，里面开的专业是建筑设计、景观设计、城市设计这些专业。应该是2017年吧，城市设计专业的学生有一半是亚洲人，其中70%—80%是中国人。还有宾大的建筑学，据说2023年有70%的学生是中国人。

早些年我读本科，中国高考分数非常高，各个省的理科状元都去读建筑专业。因为那时候建筑专业毕业后的薪资高。但是在美国，学建筑的反而不是最聪明的那帮人，最聪明的那些人都去学金融和数学了。

为什么说中国学生的整体实力强，那都是卷出来的。学这个专业，本身就比较容易申请到海外顶尖院校。

林主编： 你未来想做些什么？还是继续坚持做现在在做的事情吗？

李乐贤： 从生态的角度去思考专业学科和行业，我觉得最主要的核心竞争力其实是三个。第一个是项目经验，就是你做过什么项目，落地过什么样的项目；第二个是学术层面的话语权；第三个是人脉资源。

我现在想把这三块打造成一个闭环。过去10年我一直在一线做建筑设计，与此同时，在媒体层面我也是一线的大V。在知乎视频号和专业领域平台，我也算是第一梯队的内容创作者。另外，我还是国家核心期刊《时代建筑》第一个专栏的主理人。

我觉得学术和专业这一块是非常重要的，要去深耕。明年我应该会回美国，在大学里任教。我研究生毕业进入社会后的第一份工作，就是在加州大学洛杉矶分校当老师。

还有一个层面就是教学和培训机构。我们把最好的中国学生送到全世界最好的学校。我们的社群里面有一个非常强的关系网，毕业以后我们能帮助他们申请工作，到最好的建筑事务所或者高校任教职。

从长期主义的角度来讲，不管这个行业现在好还是坏，我觉得建筑行业都是人类社会无法完全摆脱的、一个刚需的行业。从国家拉动整体经济的层面，没有任何一个行业能有房地产拉动的下游产业多。一个国家进行的城市化建设，是一个大周期，金融加快了整个经济的流速，建筑行业要把造出来的工业产品给消耗掉，把它变成固定资产。

所以我现在觉得行业下行，其实对我们来说反而是好的，因为我年龄刚好。我现在35，估计再过15年才到建筑行业的上行周期，那时候我50岁，刚好是我年富力强的时候，而且建筑师的职业周期基本上是到70岁。也就是说，我50岁之后还有非常好的20年，我就到高校里面沉淀一段时间，再积累一些不错的项目案例，50岁其实还是青年建筑师。做建筑，其实更多的是一种理念和传承。它涉及的层面非常复杂，还涉及不同的利益，二三十岁的人是不明白这些规则、玩法的。

聂鑫访谈录
INTERVIEW

- 教育集团创始人兼 CEO
- 美国杜克大学昆山校区 & 北京顺义国际学校战略顾问
- 毕业于英国伦敦大学学院国际比较教育专业
- 哈佛中国论坛分享嘉宾
- 与教育部专家共同出版中国第一本关于"走班选课"前沿教育改革领域书籍
- "蓝思英语"分级体系标准母公司 MetaMetrics 中国区首席顾问

林主编： UCL是个怎样的学校？可以简单讲讲吗？

聂鑫： UCL的全称是University College London，中文是伦敦大学学院，排名一直稳居全球前列，QS最新综合排名世界前十，其中有两个专业排世界第一，分别是教育和建筑。

UCL的校园设施也非常棒，图书馆、实验室、运动场地等都是一流的，给我们提供了舒适的学习和生活环境。注重培养学生的创新能力和独立思考的能力，鼓励大家多尝试、多挑战。在UCL，你可以接触到来自全球各地的同学和老师，体验不同的文化和思维方式，这对于我们拓宽视野、丰富人生经历都很有帮助。

林主编： 你是什么时候开始有了出去留学的想法的？

聂鑫： 早在11岁那年就有这个萌芽，但是我并非像多数留学生那样被父母安排出国，我是小时候自己很想去但是父母觉得我是想逃避高考，但其实我从小学习挺好的，只是因为我觉得自己非常适合非填鸭式教育模式，我喜欢更加自由探索，发掘兴趣和天赋的理念。经过10年的坚持与努力，最终才得以实现我的留学梦。

初一那年我开始学英语，遇到了一位卓越的英语老师，引领我走进了一个更为广阔的世界。从那时起，留学的念头便在我心中悄然生根，成为我人生旅程中的一盏指路明灯。

然而，我当时能够接触到的留学信息相对匮乏，只能借助电脑和字典去查阅全英文的网站，了解海外留学的资讯，英国、美国大学的排名和申请，我明白了GPA、雅思和托福的重要性。当我向学校咨询如何开具英文成绩单时，因为当时公立学校出国留学的学生非常少，所以老师们都惊讶地看着我，觉得这小孩在开玩笑，没当回事儿。

我向父母表达出国意愿时，觉得我年龄太小，后来毕业进入了省重点高中的重点班，但那里的学习生活让我感到压抑，我的留学想法变得更加坚定。

进入大学后，父母态度有所松动，但提出了一个条件：必须去世界排名前100的大学。我既兴奋又紧张，为了实现这个目标，我开始全身心地投入学习。图书馆和自习室成了我的常驻之地，利用课余和假期参加各种比赛和实习。有一年暑假，当同学们都回家时，我仍然留在学校备考。但那种为了目标全力以赴的感觉让我感到既充实又有力量。最终，我超预期完成了父母的要求，获得了世界前十大学UCL的offer。

林主编：你当年是怎么申请到UCL的？

聂鑫：2014年5月底我才申请，之所以这么晚，是因为我偶然得知UCL即将并入一个教育专业排名世界第一的教育研究院（Institute of Education）。当时我已经收到了约10个offer，但我觉得UCL才是我最理想的院校，于是我决定放手一搏。

然而，在申请过程中，遭遇了不少困难。许多老师和中介都告诉我，他们从未成功帮助学生拿到过offer，因此没有人愿意接手。无奈之下，我只好自己打开官网研究，选择了一个我认为既适合我而我又感兴趣的专业——国际比较教育。我整理了过往相关的各种专业技能证书、奖状、实习，重新修改个人陈述PS和推荐信，独立完成了所有的申请材料，并在2014年5月23日提交了申请，不到一周我收到了UCL申请状态更新的邮件。我怀着紧张的心情点开系统，映入眼帘的正是那份梦寐以求的offer。那一刻，我在宿舍里泪流满面，那是我第一次真正体会到什么是喜极而泣。

虽然我的求学之路并不平坦，留学申请过程也充满了挑战，但正是这些经历让我踏上了教育创新和改革的"探索者"之路。

林主编：你的留学生涯还是蛮丰富的，你后来回国之后做了什么？

聂鑫：我当时选教育就是想要做教育创新，所以我回国之后很幸运地参与了中国第一个公立创新学校从零到一的筹建，收获了宝贵的一线改革和前沿教育创新经验，后来通过与教育部专家共同出版书籍，和在国内外各大教育专业论坛和峰会发表演讲的方式分享教育创新和未来教育。我也参与创办和运营行业协会，举办了千人大会，负责设计和执行过中国顶级校长北美访问团等各种运营类工作。

此外，我还与各类名人、知名教授共同设计教育项目，学生课外实践和国际游学。曾经我有幸邀请到了诺贝尔奖教授指导学生并签发推荐信，为学生们提供与顶尖学者直接交流的机会。我也原创了一套个人精英成长课程体系和运营管理模式，旨在帮助学生更全面和深入地进行自我探索和未来规划，帮助学校更新系统和高效地运营管理。

除此之外，我还有几年非常有意思的企业战略咨询和创业经历：作为中国早一批探索AI教育的创业者获得了天使投资；作为资深企业战略顾问服务全球不同国家和地区的教育组织和教育科技公司，其中包括非常知名的上市公司和龙头企业；通过激烈的竞标成为中国第一所外籍子女学校——北京顺义国际学校（ISB）的战略顾问。这些经历让我对全球教育市场有了更深入的了解，也让我积累了丰富的实操经验和专业知识，帮助我获得多次投资，成为一名创业者。

林主编： 你学的专业是教育学，从事教育这么多年，你觉得中国特别优秀的孩子，尤其是进入名校的孩子，他们都做了哪些准备？

聂鑫： 我在过往指导学生和家长的过程中，一直强调的是想要申请世界顶尖大学，学生甚至是家庭都需要做好全面而细致的准备和规划。

首先，学术成绩是硬指标，学生需要保持优异的成绩，特别是在核心科目上。同时，积极参与课外活动，展现自己的领导力和团队合作能力，也是非常重要的。

除此之外，学生还需要提前了解目标大学的专业设置和申请要求，确保自己的申请方向与目标大学的要求相匹配。在申请过程中，学生需要准备申请材料，包括个人陈述、推荐信等，充分展示自己的优势和特点。

另外，提前了解并参加相关的考试，如雅思、托福等，也是必不可少的。在准备过程中，学生还可以寻求专业的留学咨询机构的帮助，获取更具体的建议和指导。当然，除了这些硬性的准备和规划，学生还需要注意提升综合技能。比如，跨文化交流、创新创造、批判性思维、领导力等软技能。在申请过程中，学生可以通过展示自己的研究经历或独立完成的项目等方式来体现这方面的能力。

林主编： 很多家长给孩子花了很多钱，但是没有一个特别好的结果。这种问题一般出现在什么地方？

聂鑫： 我觉得造成这个结果有很多种原因，有不少是跟缺乏清晰的自我认知和人生规划有关。学生可能没有想清楚为什么要留学，为什么要学这个专业，包括未来要做什么、去哪儿，以致走了不少弯路，做了不少错误决策。

学业规划不仅关乎留学申请，还包括孩子的兴趣、价值观和未来职业发展，更涉及对这个社会的认知。每个孩子都是独特的，可以通过日常沟通和专业观察，帮助孩子发现自己真正热爱的事物，明确自己的优势。同时，可以通过系统性课程和一对一的沟通帮孩子设定明确、可实现的目标。这些目标可以是短期的、中期的或长期的，要形成一个清晰的路线图。

学业不是一个人的终点，是一个人全新生活的开篇。选择不同国家、学校和专业也决定了你会在将来遇见谁，会收获什么样的人生经历，未来在哪发展。比如你大概对哪一个方向感兴趣、你是否很了解这个专业，或者说未来这个专业能够带给你的职业方向，去做一个更客观和更主观的双向分析。不要读了之后发现挺痛苦的，国家不喜欢，地理位置也不喜欢，这就有点得不偿失了。

做好人生规划相当于解决的是"道"的层面的问题，可以让孩子和家庭都受益终身。但大部分的中介和顾问老师只是在解决如何申请等问题，仍停留在"术"的层面。建议各位学生和家长，包括已经参加工作的人，可以去思考我的"人生战略"是什么，为自己做一个SWOT分析，建立一个更加清晰的自我认知和发展框架，从而做出最适合自己的选择和判断。

林主编：你去过很多世界名校，可以选些你感觉有亮点的学校，点评一下吗？

聂鑫：我比较喜欢旅行，研究生学的是国际比较教育专业，后来由于工作关系也去了很多不同国家的大学。比如，世界前十的名校斯坦福大学，坐落于硅谷，创业创新精神尤为强烈；培养了大量的创业者和创新者。他们怀揣梦想，眼中闪烁着对未来的渴望。这种氛围无疑为斯坦福增添了独特的魅力。

哈佛大学，作为一所盛产世界领袖的学府，其领袖气质自然不言而喻。这里培养的学生不仅具备深厚的学术素养，更有着广阔的视野和卓越的领导能力。学生不仅能接受到顶尖的教育，更能在无形中形成一种领袖气质，这种气质是哈佛独特的魅力所在。

英国的牛津和剑桥，这两所古老而著名的学府给我一种宁静而优雅的感觉。漫步在它们的校园中，仿佛能够感受到历史的厚重和学术的沉淀。这里的环境优美，学术氛围浓厚，确实是学习的绝佳之地。

在MIT，有人跟我说那里的人像是"行走的机器人"，这既是对他们聪明才智的赞美，也体现了这所学校在科技领域的卓越地位。

林主编： 对于这几年要送孩子出国的家长和学生，你有什么比较好的建议？

聂鑫： 现在的人比较幸福，信息透明的时代大家可以通过网络获取大量关于留学目的地、学校、专业的信息。但我要强调的是，信息的筛选和整合同样重要。家长和学生需要仔细甄别信息的真伪和适用性，避免被误导。

在选择专业时，建议家长和学生从长远角度考虑。不仅要考虑孩子的兴趣所在，还要了解该专业的就业前景和发展趋势。

同时，面对激烈的竞争，孩子们需要努力提升自己的背景和能力，包括学术成绩、语言水平、实践经验等。让学校看到你的材料，觉得没有理由say no。只有准备充分，才能在申请中脱颖而出。

最后，我想说的是，留学之路虽然充满挑战，但只要我们勇于尝试，不怕失败，就一定能够收获美好的未来。

祝愿所有准备出国的同学都能顺利拿到自己的dream offer，实现自己的留学梦想。

笛子访谈录

INTERVIEW

- 日不落集团创始人，十亿国货畅销海外
- 行业头部畅销书《TikTok 爆款攻略》作者
- 教材 *Billionaire TikTokers' Playbook* 作者
- 福布斯创新企业家、G20YEA 精英企业家

林主编：你的家庭教育是怎样的？

笛子：我出生在一个军人家庭，我的父辈及爷爷辈都是当兵的，是去新疆支边的军人。我爷爷和我外公都是新疆生产建设兵团里的军官。我接受的教育很严格，非常注重规则，所以我从小就有规则意识。

我的父母一直希望我能通过学习来改变命运。但是，我有一个非常迷茫的点——学习有什么用？我从新疆到成都去读书，初、高中的时候最痛苦。那时我认为我学的这些所谓的知识好像都用不上。我是一个实用主义者，当知识用不上的时候，我就会非常逆反，对于没有用的东西，我既不想背，也不想学。我一直找不到学习的动力，所以初、高中的时候，我的成绩并不拔尖，只能算是中上水平。

我高二、高三的时候，觉得学习的唯一目的好像就是考上一所好大学，圈子会更加优质一些。我是为了这个目标才强行让自己学习的，但那时我学得不情不愿。

我和其他人不太一样，我是读完大学后做了两年律师才去留学的。

林主编：你大学是在哪里读的？父母如何帮你建立了想出国的想法？

笛子：西南石油大学，一所一本院校。我本科读的是法律专业，上了大学之后，我挺开心的，因为我觉得我学到的东西有用武之地了，我可以去维护一些所谓的公平正义，可以做律师。那时我还没有想过出国。

我觉得一定要出国，是缘于我在做律师时遇到了挫折。2014年我做律师的时候，即使在电话里跟当事人聊得再好、再专业，见了面之后，他们也都想跑掉，不想再和我继续签约，因为他们觉得我这张脸不值得信任——我的脸是娃娃脸，长得就像15岁的孩子一样，在路上开车都会被交警拦下来。

我出国这件事，不是我爸妈规划出来的。之所以想出国，是因为我惨遭社会毒打之后，想变得更强大，成为一个强者。于是我就跟我父母商量出国的事，他们一直很支持我。

我意识到确实该出国的时候，才去准备托福考试。我那个时候是一边自学托福，一边做律师。我在校期间的GPA（平均学分绩点）还可以，也有一些实践，还拿了很多国家奖学金，当时很轻松地就申请到了凯斯西储大学。我那一年在学校的排名还挺高的，大概第37名吧，就去读法学硕士了。其实我当时申请这所学校的时候还挺痛苦的，因为我的托福成绩一直不高。如果托福可以考到100分以上，就可以申请到排名前十的学校，但是我怎么考都是90分。我当时没有什么感觉，也没有语言环境，觉得考托福很枯燥。

我那时每天6点钟起床，去律所学习3小时英语，再开始工作，下了班不回家，继续学习英语，直到晚上九十点钟才回家。那段时间确实挺辛苦的，但是效果并不好，因为精力都被分散了。

林主编： 你在国外有什么有趣的经历？

笛子： 我来到克利夫兰的第二天，就发现了商机。我在奥特莱斯逛街的时候，买了两条李维斯的牛仔裤，想通过邮局寄回国内。结果邮局要收188美元，那两条裤子一共才80美元。去DHL（中文名为"敦豪"，是一家全球著名的邮递和物流公司）寄也要200多美元。我跑遍了所有的邮局，发现每一家都特别贵，都要200美元左右。我就想那些代购是怎么做的呢？就在淘宝上找那些做代购的，问他们，美国直邮的邮费这么贵，他们是怎么做到一支二三百块的口红都直邮的呢？那时我才知道有华人快递，我就在谷歌上找，发现纽约有，芝加哥也有。

从我所在的城市开车去纽约太久了，需要9小时；开车去芝加哥的话只要6个半小时。过了不到一个月，对学习环境稍微熟悉一点后，我就拉着同学一起去了芝加哥的华人快递总部，看有没有机会做分部。克利夫兰这个城市是没有华人快递的，但我们有很强的需求。

我们跟芝加哥的总部老板聊过后，老板就跟着我们的车直接回到了克利夫兰。看了之后，说我们这确实有市场，既有唐人街，又有这么多学校，每年还有那么多学生。于是我就跟他签约了，相当于是做他们的城市代理。那是我第一次创业，因为那时候怕亏，所以不想租场地，也不想雇人工，就在华人超市里直接跟华人老板谈的，我想让他把放废弃物品的角落分给我，我把它清扫出来，支了一张桌子，拉起易拉宝张贴海报，每天有人来的时候，就请一个收银员帮忙指导填写单子。

当时那个华人超市的老板是不愿意的,后来我们谈了分成比例,他就同意了。等于我这次创业,既没有出人工和房租,也没有什么风险,只是让这位华人超市的老板入了一些股,事情就做起来了。第一个月虽然人不多,也盈利了500美元。后来人越来越多,还培养了一些代购常年在这消费。不到5个月的时间,基本上每个月的纯利润都在一万美元左右。

后来我复盘来到这座城市第二天就发现商机的原因——自己的需求没有得到满足。我们在国内习惯了方便,国内有各种各样的产品和服务,可以满足我们的需求。但是海外这一点是不如中国的。所以我们才能利用这些先进的玩法做产品。

同步做一些调研,想一想你的市场有没有人需要,之前为什么没有做起来。你真的能够在美国找到很多的空白市场。只要你的执行力强一点,就能找到很多的机会并做出结果来。因为你没有那么多竞争对手。

这是我在留学期间做成的第一件事情。说实话,那个时候我还没研究清楚该怎么学习呢,就先把怎么赚钱给搞明白了。关于学习,我前两个月确实没有听懂课,因为我对专业词汇的敏感度比较低。我学的是法律,法律专业词汇是很难懂的。

我前两个月没好好听课,当时我的同学都以为我是富二代,过来体验生活的。但是两个月之后,我觉得既然来了,那就得好好学习,我在短时间内找到了适合自己的学习方法。这个学习方法很简单,只需要一层一层地去拆解就好了。比如,专业词汇不过关,那就专门去找专业词汇的词典。这样在看书的时候,就不会被专业词汇卡住。

为什么一般来说出国的人解决问题的能力要比别人强一些呢？因为完全到了一个新的环境，在谁也不能依靠的情况下，只能靠自己。这样，就有机会锻炼自己去独立面对各种各样的问题，并想办法解决这些问题。

这种能力可能就叫"逆商"吧，就是在逆境中生存的能力和本事。出国留学能把这种本事给练出来。比如，当你需要向别人求助时，如何向中国人求助？如何向外国人求助？如何向你的寄宿家庭求助？如何向老师求助？这些都是本事。在这样的环境下，你不得不去面对和适应。如果你能把这种本事锻炼出来，回国之后，你会发现没有什么环境是你适应不了的。另外，你还要去接受别人跟你的不同之处，不要只活在自己的世界里，这也是我觉得留学非常好的一点。

林主编： 你觉得出国留学带给你最重要的影响是什么？

笛子： 我现在做跨境出海业务，这跟我的留学经历完全分不开。我读法学硕士只读了不到一年零九个月的时间，2017年我就毕业了，毕业之前我就开始创业了。

我一边上班一边继续创业，比如搞二手车的买卖。当时我在美国，发现有好多的市场和商业机会，老外没看到，但我看到了。相对于国内，国外有太多没有发展起来的市场。当时我就既做华人快递，复制快递点，又去做二手车买卖，国外二手车市场比国内好多了，利润在30%—40%。

2020年，我回到中国。刚回国的时候很不适应国内的节奏，那些流行词我都听不懂。我出门的时候都是带着2万元现金的，结果发现别人都是扫码支付，就觉得自己很土。

我发现国内竞争太激烈了，我当时在想，必须找一个能够发挥自己优势的项目去做。那么，我在海外待了这么多年，最熟悉和最有优势的，不就是海外的市场？因为我在美国可以去做各种各样的实体生意、线上生意，那我在国内岂不是更可以去做？我在国内可以找很多新的、好的供应链，同时还能有更便宜的人工成本。所以我们迷茫的时候，先去分析一下自己的优势，把自己的优势分析出来之后，你就会发现这条路好走多了。分析完之后，我决定去做跨境电商。

当时我根据海外的市场标准去选品，去做电商带货、电商广告等，那时我发现以我对美国市场、外国人和大家审美的了解，再凭借网感，我能够轻易地将我在国内选的，比如10元、20元的东西，价格翻10倍甚至20倍卖出去。而我们只需要多付运费钱，就可以把商品价格卖到更高。那时我就觉得这件事情一定是我擅长的，也一定是我的使命，我可以把它做好。

留学经历是怎么帮到我的呢？首先，对我来说，最重要的真的不是那张毕业证，因为我自己创业当老板，没有任何人会检查我的毕业证，也没有人拿它卡我。但是，出国让我的见识变得更丰富了，这很重要。读万卷书和行万里路一定是同时进行的，我们一定要看到更大、更真实的世界，一定要经历真实的世界，不管是好的，还是不好的；不管是艰难、充满挑战的，还是快乐的。当你的世界观足够大时，你会发现你并不惧怕任何场合，在构建商业构想的时候，在搭建属于自己的商业帝国的时候，也不会担心自己搭建不出来。

如果你觉得自己并不是一颗螺丝钉，并不想一辈子当打工人的话，无论如何都要出国走一走，看一看，去体验一下这个世界。

我现在做出海这方面业务，当抖音在国内风靡之后，我意识到它一定会在海外风靡起来，之后果真如此，也就是后来的抖音国际版（TikTok）。我擅长提前做出判断和趋势感知。做出判断之后，我还写了一本畅销书——《**TikTok爆款攻略：跨境电商的流量玩法与赚钱逻辑**》，后来出了英文版，这也是这一领域第一本英文教材。因为我去留学了，看到了这个世界的运转，所以我能够对国内、国外的发展大趋势有精准的判断，在自己擅长的领域，做出对应的成就。考虑出国相关的问题，我觉得你一定要增长这种见识，不然你是没办法去做一些前瞻性的预判的。

这个世界有无数的问题和挑战，有无数的成就等着你去取得。当你走过这一圈之后，你也许就不迷茫了，也许就能找到你自己真正的优势和热爱，也许就能找到你该走的路，清晰地把未来的路径规划出来。在你往前走的路上，也会有很强的动力，因为你知道你的终点在哪里。

池婉卿访谈录

INTERVIEW

- 耶鲁大学优秀校友，头部留学教育博主"耶鲁恬恬学姐"
- 美国管理咨询公司 Business Consultant
- 国际教育 & 新媒体公司创始人兼 CEO
- 福布斯国际化青年领袖 & 领军人物
- APEA 亚太青年企业家理事
- 14 岁赴美留学，24 岁走遍 35 个国家
- 耶鲁恬恬的非凡成长蜕变故事

林主编： 可以聊聊你的家庭背景吗？在上大学之前家里是如何培养你的？

池婉卿： 我的留学成长故事还要从小时候祖父母对我的培养说起。

因为父母工作特别忙，我是被爷爷奶奶一手带大的。我的爷爷奶奶均是国家航空航天高级工程师。从我记事起，奶奶枕边就放着一本《哈佛女孩刘亦婷》，她那个时候的目标就是想要把我培养到国外的藤校去读书。爷爷奶奶对我是慈爱的，但教育上又非常严格，对我如今养成的一些习惯、做事和思考的方式，都有很重要的影响。

我的父母都是医疗行业从业者，从我记事开始，他们就非常忙，以身作则成了我的榜样。在我做咨询工作或者创业路上身兼数职的时候，只要回想起他们的身影，就会给我带来力量。很多身边人都说我做事的效率很高，执行力很强，遇到困难的时候不放弃，我觉得这都是我爸妈带给我的优秀品质和榜样。

我妈妈是一个叱咤职场的女强人。我很小的时候，她就来美国深造做博士后研究。她的经历很触动我。我记得2003年的时候，正好是国内非典期间，她确诊病人之后，自己被医院隔离了一个月。我爸也是医疗行业工作者。他常以身作则，经常奋斗在一线。新冠肺炎疫情高峰时，我爸妈一直在值班，大概三个月都没回过家。

即使不顺心的时候，他们也会用非常积极和乐观的态度以及奉献精神去面对。他们让我明白如何去追求自己热爱的东西。

我爸妈不会每天盯着我，但会阶段性地给我定很多的要求。他们对我的学习是比较严格的。初二那年，我爸向我提出了很高的要求：同时准备美国中考和国内中考。并且我爸说："只有同时考过，才可以出国。"

所以我初三的时候，边准备中考，边准备出国留学。那个时候压力很大，因为两边都要准备，每天基本上都是晚上12点睡，早上6点起床，哪怕当时我已经拿到了美国顶尖私立高中的录取，也不敢懈怠。这是我父母对我的教育理念——人生成长路上很多事情是不能够逃避的，人生尽量要去走那条难走的路。

我从小学开始到初中毕业，一直是班里的大队长，那个时候学校里的活动都是由我来主持。直到我初二那一年，我第一次感受到学习和学校活动需要平衡。那个时候组织学校活动，我每天晚上都要忙到很晚，期末考试成绩受影响有些下滑，心里感觉有些受挫。

那个时候，父母对我的疏导起到了关键作用。不同于很多"唯分数论"的家庭教育方式，爸妈并没有责怪我因为组织课外活动影响了学业。我爸积极地教我怎样去平衡学校活动和学习，传授如何更好地管理团队、调动大家积极性、协调团队工作等方法，这些东西到我现在创业管理团队都依然受用。成绩短暂波动而带来的焦虑感也得到了缓解。

另一方面，他们会从小培养我方方面面的兴趣。我4岁开始学习钢琴和芭蕾舞，12岁钢琴和民族舞就考到了十级。同时还学习了国画、花样滑冰、游泳、主持表演……我父母会让我去探索各种各样的兴趣爱好，兴趣爱好不一定能达到顶尖水平，但也很大程度上磨炼了我的心性和韧性。此外我父母会花时间带我出去旅游。新冠肺炎疫情之前他们已经带我去过30多个国家了，基本上从小学开始，每一年的寒暑假他们都会带我去世界各地感受不同的文化，增加国际视野，也让我在思想上更加独立。从教育方式来说，我的父母和祖父母都非常愿意在教育上给我投资，不管是学习生活还是物质方面，都尽可能给我最好的，但是不会过度溺爱我。他们会对我的物质开销设置一个底线，包括怎么花钱，怎么样去管理自己的一些储蓄。

同时，他们非常尊重我的选择。14岁我决定出国，即使上海那时候出国的人不多，他们依然很支持我，包括后来我耶鲁毕业之后想要创业，他们也持支持的态度。

林主编：出国留学后有没有什么特别的、让你印象深刻的成长经历？

池婉卿：说几个我印象比较深刻的事情。

首先，是过语言关。刚刚出国的时候，我在纽约一所私立寄宿高中，那时候口语还不是很好，哪怕托福考了不错的分数，但真正在实际环境中还是不大一样的。第一个学期，我选了演讲课，每周都要在30—40个美国同学面前做presentation（演讲报告）。我希望用这个机会打破舒适区去挑战自己，所以每天放学后我都在宿舍里边听英语边练习,还会找我的美国室友来给我纠正。就这样,我突破了出国后的第一个难关。大概过了半年左右,我的英语水平就逐渐提了上来,可以与美国本地学生顺畅地沟通交流。

其次,是融入国外文化,这一步还是挺难的。国外上课很多是小组作业,我基本会有意无意地加入全是美国同学的组。我记得在一次历史课上,做的是一个世界历史的project(课题),因为我爸从小很喜欢给我讲世界历史,所以当时我建议我们做中西方文化对比和交融的课题,没想到我的美国小组成员都非常赞同。还推举我做组长带领大家完成这个作业,这是我第一次被我的"美国同学"信任和肯定。也是因为这次的经历,老师推荐我代表全校同学参加在芝加哥举办的为期3天的美国青年领导力大会。当时全校只有4位同学参加,我是其中唯一一个国际生。

11年级的时候,我转学去波士顿上高中。那是一个私立高中,早上7点就要到校,非常严格。

同时期我开始一个人住公寓,生活需要全部自理。因为就读的高中国际生非常少,身边同学清一色都是当地土生土长的白人同学,我不可避免地因为自身与周围人成长环境的不同而产生强烈的孤独感。波士顿位于美国东北,一年中有半年的雪季,我常常一个人提着三四大袋生活用品从一公里外冒雪步行回家。独立生活刚开始的我,经历了很长一段时间的适应期,常常借饮食来释放压力,原本80斤的我体重一度飙升到接近120斤。直到看到同校比我大一届的学长考上了哈佛,我才意识到决定人生走向的重要时刻要来临了，我下定决心开始重新振作起来，3个月减回到原来的体重。

上大学后我想着自己要更努力，考研究生上更好的学校。于是我大一开始疯狂学习、找工作，大二那年去了很喜欢的快消公司工作，大三又去做了咨询工作，每天都在学习新东西，跟新的项目组合作，做不同行业的商业项目。我意外地发现自己很喜欢这种快节奏生活，当时决定自己毕业后的第一份工作一定要做咨询。

一次偶然的机会，高中的学妹找我咨询美国留学申请的技巧。我当时免费给她进行了辅导和文书修改，让她成功拿到了康奈尔本科的offer。她特别感激，过了几个月又把我推荐给下一届正在准备申请学校的学弟学妹，就这样我发现了这个商机和需求。于是大二的时候开了自己的留学工作室。

大学毕业，我一共修了两个专业，几乎拿到了满绩点，做了4段实习和科研。考研究生的时候我拿到了十几所世界名校的offer，最后选择去耶鲁，继续攻读生物医学和传染病流行病学方向，还收到了6万美金的奖学金。

林主编： 美国本科学习期间，你是怎么决定未来发展方向的？

池婉卿： 美本大二期间，我开始做自媒体来分享和记录自己的留学经历，包括我的一些学习技巧、申请名校的心得和方法、求职社交技巧，成长和认知等。

耶鲁上学期间我继续在我的自媒体上分享我的学习生活和留学申请经验，收到了非常多学弟学妹们的求助。我发现，我自己踩过的坑、积累的经验，其实可以间接地帮助到很多学弟学妹们。

后来越来越多的同学来找我咨询，从爬藤规划到美高、美本、美研都有。一年时间，我就做到了全网50多万粉丝的留学博主。作为一个有一定影响力的留学教育博主，我知道每天都有上万个家长和学生会刷到我的内容，所以我的内容和信息要准确。我的成长都来源于中华文化的滋养，我也希望用我的亲身经历，帮助更多学弟学妹学有所成，报效祖国，培养更多融通中外的国际人才。因为对教育行业的热情，我创立了国际教育公司。

最开始的时候，我独自摸索初创公司的业务模式。自己一年带10个学生，以6个月为一个周期。从职业发展的角度出发，帮助学生做背景提升规划、世界名校的本硕博申请指导、藤校学员国际性大奖申请准备等。

跑通所有SOP（标准作业程序）后，我正式开始招募合伙人，为青藤国际教育引入大量来自哈佛、耶鲁、斯坦福、麻省理工等世界名校优秀人才，共同打磨产品，沉淀服务。

截至目前，青藤国际教育已经辅导过500多位学生圆梦美国常春藤名校、英国G5，并成为年度影响力国际教育品牌。我自己也因此入选腾讯教育年度教育行业影响力人物和福布斯青年领袖。自2023年起，我们还将业务扩展到了精英家庭教育规划，专为6—18岁的学生提供升藤规划和辅导训练营。

林主编：你的那段咨询工作经历具体是怎样的？可以分享一下吗？

池婉卿：耶鲁大学毕业后，我入职了一家世界头部的国际管理医药咨询公司，在波士顿，客户都是世界前30的头部药企。因此，在做项目的过程中，需要用到的生物医学知识非常多，比如做药厂战略咨询项目的调查、产品的立项或评估、细分市场的进入等。身边几乎所有同学都是藤校本科，极其聪明且高情商。进入咨询公司感觉又是一个新的"学校"，让自己二次成长。我们做医药咨询，不仅需要过硬的商业功底和生物医学基本功，更需要具备快速摄入新的知识、适应高强度高标准高压力工作内容的能力。咨询公司的工作时常会有出差需求，满世界飞、加班到深夜是家常便饭。

我非常享受这份工作，不仅让我的生物医学知识和商业洞察力进一步精进，更让我在纷繁多样的工作内容中，把握了沟通技能，具备了商业逻辑，熟悉了国际医药的趋势与法规等。

我希望在未来的三到五年，能够用到咨询工作中学到的内容，赋能青藤国际教育，宣扬中华优秀传统文化，培养更多的融通世界国际通才。

林主编：现在工作之余，你有什么其他的兴趣爱好吗？

池婉卿：只要有时间，我就会去世界各地旅行、拓宽视野。我旅游过35个国家，走过五大洲四大洋。最远的一次踏上过阿根廷最南端的岛屿——火地岛；曾追随着极光去过位于北极圈的阿拉斯加；感受过风景壮丽的北欧、文化底蕴深厚的西欧；去过自然纯朴、热情开放的巴西。这些经历，给我带来的不仅仅是知识的增长，更让我在与世界各地的人们交流时，多了一份理解和包容。

林主编： 你觉得未来5年到10年，学生怎么去规划，才能让不会被社会和时代所淘汰？

池婉卿： 我觉得目前工作当中那些重复性高、标准化程度高的岗位和任务，是比较容易被AI替代的。不过，人工智能虽能处理高精度的计算和预测，但仍无法完全取代一些涉及文化、创意和综合性思考的领域。我觉得人类的智慧最美妙的地方，是我们的文化和思想。

从这个角度出发，为了让孩子在未来社会中不被时代淘汰，我们应注重培养孩子在理科、工科等领域的逻辑思维和解决问题的能力，同时也不应忽视人文、文化及通识教育的重要性。这种综合性的教育不仅能够促进孩子的全面发展，而且能够培养他们对世界的深刻理解和独到见解，这是机器无法复制的。

综合素质教育，包括但不限于文艺、历史、哲学等领域的学习，这些科目是提升孩子人文素养和创新能力的关键。这样的教育能够帮助孩子建立起对世界多元化的认识，培养他们的批判性思维和创造力，使他们能够在未来的职业生涯中展现出与众不同的价值。

因此，国际教育未来的趋势和方向应当是培养更多国际化的人才，传扬中华传统的文化和精神，同时把教育和科技领域相融合，致力于创造一个既强调科学理性，又重视人文精神和创造性思维的教育环境。通过这样的全面教育，孩子们将能够更好地适应未来社会的需求，以此展现出他们独特的人类智慧，从而在快速变化的时代中稳固立足。

我觉得最好的规划方案是，打下扎实的理工科基础，培养孩子的逻辑思考能力；重视孩子的通识博雅教育，家长们可以更多地从素质教育、综合能力的方向让孩子全面发展。

林主编：你认为出国读名校，除了学历之外，给你带来最大的改变是什么？

池婉卿：留学经历对我影响比较大的部分，第一是眼界。你在什么样的环境里，你就会被什么样的环境去塑造。比如说我的母校耶鲁大学，它的教学理念是不去培养某一种专业的专才，但是需要学生接受很多的通识博雅教育，让他们有学习的能力，有批判性的思维，毕业之后能去胜任任何一个专业，而不是只学会某一个领域的片面知识，因为知识是学不完的。

这样的教育带来的好处是，人能变得更加有创造力，更愿意去承担一些风险，思维方式会更加的开阔和开放。这是很多接受传统教育的孩子所不具备的。事实上这是在培养人的逆商。

人生是一种选择，没有对错。每个人的人生发展都是不一样的，但是留学教会我去追随自己想要的，并且为之负责。走自己的路，而不是被这个社会所定义。当你看到了很多不同种族、宗教、文化的传承之后，会更加明白如何去勇敢定义自己的人生。我觉得这个是在具备国际化视野、去过更多平台之后，才能慢慢想清楚的。未来我也会继续坚守对医疗和国际教育的热忱，不断追求卓越，破浪前行。

南洋学姐Sophia访谈录

INTERVIEW

- 剑桥大学＆南洋理工大学
- 福布斯国际化青年领袖会员
- 亚太青年企业家理事会委员
- 新洋留学创始人
- 现新加坡留学第一大博主
- 经营"南洋学姐"IP
- 全网超50万粉丝
- 其创立的新洋留学获得回响中国2023年度影响力国际教育品牌

林主编：你来自怎样的一个家庭？

南洋学姐Sophia：我从小是一个留守儿童，和爷爷奶奶住一起。我爸爸在我还没出生就一个人去深圳打拼，我今年三十，我爸就在深圳待了三十年。我爸也算是当年逆袭成功的那一拨人吧，他从一开始一穷二白，白手起家，到现在是深圳服装公司老板。

我拼命读书和工作，也是因为受到父母拼命工作的感染，他们希望给孩子和父母好的物质条件。我爸当年是当地高考第一名，却没能上大学，因为没钱读，后来做了裁缝。他自己又不甘心一辈子做裁缝，就带着借来的50块钱独自一人去深圳打拼。

他自学服装设计、电脑软件，从零基础到自己开培训班。我印象深刻的一次，早上5点醒来，问他为什么起那么早，他说他几乎整夜没睡，因为要提前学会软件，第二天还要教别人。我父母辛辛苦苦，勤勤恳恳，奋斗了那么多年才在一线城市扎根，我看到的是他们成功的艰辛和不易。我的整个成长、创业受我父母的影响很大。

林主编：你父母对你的教育是怎么规划的？尤其是在义务教育阶段，他们有没有介入你的教育规划？

南洋学姐Sophia：一开始他们对我都是放养式的，我也没有学什么兴趣爱好，我爸妈觉得并不是所有成就都是在学校里取得的，他们现在的成就就是通过自己的双手创造出来的。

尽管上大学后，他们还直接问我要不要跟他们创业，或者让我早点进入社会。很多大学生、研究生的工资也只有几千，发展也并不好。

但是他们一直教导我要不断去学习，不仅要学课内的知识，还要自学课外的知识。我爸一直告诉我，要保持终身学习，走出校园的学习更重要。他快60岁时还在创业，还在尝试突破做电商、自媒体，我劝他早点退休，但他说"我的人生才刚开始"。是的，人生是一场马拉松。

我的父母努力了30年，才把我从重庆农村带到了深圳，父母在教育上没有机会给我规划，使我走了很长的弯路。大家看到的成功，是通过几代人的努力才实现的人生突破。我希望我能用我自己的亲身经历，帮助更多人少走弯路，实现阶层跨越。

林主编： 你是怎么看待自己的教育的？相比你爸妈，你会更重视自己的教育吗？

南洋学姐Sophia： 相比我的父母，我会更重视自己的教育。

但我也一直按照我父母的嘱咐，没有把毕业当成终点，而是践行终身学习的理念。这样我才有机会出国留学，从南洋理工大学毕业，30岁我又考上剑桥大学。我是教育和留学的受益者，我坚信教育和留学可以改变命运。所以我做了留学行业，希望给他们的人生带去一束光。我帮助过2000多名留学生做规划，在这个过程中接触到很多不同的家庭，有很多家庭条件优越的学生，当然，更多人是来自普通家庭，没资源、没背景的小镇青年。但他们最终通过教育规划都可以成功上岸。我希望大家相信，知识可以改变命运，教育依然是跨越阶层最重要的捷径。

林主编：你的大学生涯是怎么度过的？

南洋学姐Sophia：我是一个在父母和自己的想法之间游走的非典型学生，整个教育过程非常曲折。

本科没有去到最想去的大学，但学校也给我提供了很多机会，和清华、浙大这些名校交流，让我有了跟顶尖学校学生学习交流的机会。因为在这些学校里，我发现大部分学生都想出国，甚至有很多人在大学期间就出国学习了。我认识一位学妹，获得奖学金去斯坦福大学做访问学者，那时我心里便种下了一颗出国留学的种子。

但本科阶段别人寒暑假在实习的时候，我大部分寒暑假都在自家的店里和厂里帮忙。他们走了很长的弯路，40多岁才成功，他们招聘过很多薪资不高的大学生，在他们看来，我哪怕从名校毕业了，也不一定能找到高薪工作。他们害怕我走弯路，父母特别希望我毕业后能去家里的服装厂上班，接替他们的工作至少有保障。

因为父母的工作，我很早就接触到创业，那时候没意识到自己已经受到父母的影响。我实际上已经了解和逐渐学会创业这件事。在我看来，创业更多的是艰辛，所以我那时候还是更希望优先做更稳定的工作，哪怕薪资不高。我知道高薪需要有高学历作为保障。

林主编：在北京工作两三年之后，你为什么又申请出国留学了呢？

南洋学姐Sophia：父母那时不同意我出国，但我不想回深圳按照父母的意愿从事服装事业。我不想走家里人给我安排的路，我想通过更好的学历，到更优秀的环境和更大的平台去就业。所以毕业后我选择在北京工作，在一家世界500强公司里，哪怕我工作非常认真，工作经验越来越丰富，也不如身边刚从美国、英国、澳大利亚、新加坡等地留学回来的应届生，领导更重视他们，他们也更容易获得北京落户资格。

所以我下定决心出国留学读研，我拿到了10来所Top50大学的Offer，最终选择了新加坡南洋理工大学。直到出国那天我才告诉我爸妈。他们也为我感到骄傲，我毕业典礼的那天，他们发了为数不多的朋友圈，恭喜我从南洋理工毕业。

毕业后我先是拿到了当地大厂的Offer，成为为数不多留下来的几位学生。后来，我又申请到了新加坡国立大学的博士，入学后发现自己不太适合做学术，更适合从事创造性和挑战性强的工作，所以我放弃读博，又申请了剑桥商学院的硕士。

林主编：在新加坡和英国的留学体验，有什么大的不同之处吗？

南洋学姐Sophia：新加坡是一个华人社会，可以给人安全感。新加坡学校的学生很多都来自国内的985、211院校，中国学生占比大约在50%—70%。这部分学生比较多，因为家庭条件一般，所以把新加坡作为出国留学跳板的首选，毕业后大部分学生想要回国。

新加坡融合了中西方文化思维。新加坡的教育认可度高，是一个比较适合作为去英美留学的跳板。我能去剑桥，也是因为有在南洋理工的学习经历。

英国学校更强调批判性思维，每次都会有小组讨论，老师讲课反而比较少。学生的背景也比较多元，一些我根本没听过的国家都有，比如约旦、波兰、奥地利……当然，英国人和美国人是最多的。

林主编：你在留学期间发生过什么有趣的故事吗？

南洋学姐Sophia：在新加坡读研的时候，有一次在课堂上老师问了一个问题，班上中国学生比较多，大家都给出了同一个答案，因为都是从百度或者书上得出来的一个标准答案。当时老师就非常生气，他说为什么所有人都只能想到同样的答案，却想不出其他维度的答案？后来有一些印度同学说出了不一样的答案，那是我第一次意识到批判性思维。

很多时候我们会觉得印度同学、新加坡同学在讨论一个事情、阐述自己的想法时过程不重要，没有太大意义，因为我们更看重结果。直到后面创业，我才逐渐意识到这堂课第一次教会了我什么叫批判性思维。

去英国留学的时候我已经29岁了，觉得自己年龄比较大了，班上还有19岁的学生，他16岁在牛津上大学，19岁在剑桥读硕士，所以我当时有年龄焦虑。后来我认识了一个约旦学生，她40岁左右，她浑身散发的自信以及对目标的坚定，还是很触动我的。我问她为什么要去读书，有没有感到焦虑。她说她目前也在创业，有很好的老公和可爱的女儿，因为想读书，所以就来了。

所以我的焦虑完全没有了，而且我29岁就已经上剑桥，这对于很多人来说是很难达到的目标，但我已经达到了。这件事情让我完全摆脱了年龄焦虑，包括自己创业之后遇到的一些焦虑。

我创业时也遇到了很多优秀的企业家，动不动就拥有几千万、上亿的资产，也见到了粉丝千万的明星博主。每天都很焦虑，甚至焦虑得睡不着觉。在剑桥读书的经历让我觉得每个人都有自己的步调，不用去焦虑自己的起点是什么。

相当于剑桥治愈了我的焦虑，让我可以很纯粹地和同学交流，享受校园生活。另一个比较有意思的是，剑桥是学院制的，一共有30多个学院，一起上课的同学是不同学院里的。学院制完全打破了学科的概念，和不同学院的人交流会让你体验到很多事情，并不是同一个专业逻辑。

在此基础上，学生可以去和整个学校的人沟通，建立联系。这也让我认识了很多不同行业和领域的人，就连校长和院长都可以平等地和学生交流沟通，学生可以很快获取到想要的人脉和资源。这是在国内和南洋理工大学几乎不可能出现的情况。

还有一个我印象最深刻的事是剑桥入学。这段经历非常曲折，我相信多年以后我还会记得那个场景。

从新加坡到剑桥，1.88万公里，都是坐一整天的飞机，抵达伦敦后，再迷迷糊糊坐着火车抵达剑桥。首先是对路况不熟，坐反方向火车，然后自己又坐过站了。剑桥的地铁有很多台阶，几乎找不到直梯。40kg体重的我，拖着30kg的行李。出站以后发现下错站了，而且那趟车还是末班车。那一站附近荒无人烟，我一个人走了很久才打到车，到住宿楼下全身已经筋疲力尽了。我抬头一看，六楼！没有电梯，还要拖着我笨重的行李爬楼梯。当时我没绷住，直接大哭。我那时候拷问自己的灵魂，为什么要把自己搞得这么累？本可以躺平，为什么把自己搞得那么狼狈？

但是当我抵达剑桥学院楼时，接待我的是一位和蔼热情的老爷爷，他那一句"A Big Welcome to Cambridge"让我热泪盈眶。他耐心地介绍学院设施和剑桥的生活，嘱咐我水电网以及各种安全问题。那是剑桥给我的第一份温暖。从刚到剑桥时感到非常迷茫和无助，到现在的强烈反差，我觉得这一切都是值得的，而这就是留学的意义吧。

林主编：你现在在做什么？你觉得你的留学经历是怎么帮到你的？

南洋学姐Sophia：我现在的创业其实源于一次偶然的机会，当时我已经有很好的工作，在新加坡的IT公司做产品经理。我的工作强度不是很大，每天朝九晚六，中间还有很多时间，我并不想躺平，就想做别的事情。

我业余的时候喜欢拍短视频，拍新加坡的旅游或者一些有意思的事情，其实并没有很火。偶然有一次回到南洋理工大学拍了计算机学院，配文配音都没有处理，但是抖音上却有40万的观看量。然后我就发现拍其他的都不火，拍南洋理工大学的都火，所以我后面就拍学校，然后去讲怎么申请，后来又拍了一些新加坡的其他学校。

由于我在新加坡留学和工作，所以我的视频比别人的视频更容易火。我就从一个海外生活博主变成了一个留学博主。

我觉得一方面可能是因为新加坡比较小，名校不多。很多留学博主不屑于介绍，大部分都在讲英美和中国香港的学校，没有人把新加坡留学做成一个垂直的赛道。但是结合我的经历，我发现只介绍新加坡这两所名校，就涨了5万粉丝。我调研了一下，发现新加坡当地粉丝量最多的博主才40万粉丝，后来我的粉丝量也慢慢从5万涨到了10万。

现在大部分新加坡的博主主要讲移民和生活，而我做到了新加坡头部，大家提到新加坡留学都会想到南洋学姐就是做这个领域的。我也拓展了B2B（以企业为目标客户的销售）业务，和一些几十万的博主合作。包括许多的头部博主，我们一直保持深度合作。所以说，一些大家不屑于去做的事情，只要认真、精细地去做，就能把量跑起来，做成功。

林主编： 你还有什么人生经验想分享给大家吗？

南洋学姐Sophia： 从我自己出发，我觉得我代表的就是普通学生。

我立足的是普通学生如何考上名校、怎么规划、怎么逆袭、怎么尽最大的努力去考到好学校完成职业转变或者人生的跳跃。

虽然现在很多人都说寒门难出贵子，很难去跨越阶层，但是我觉得自己还算一个代表。而且我的跨越是通过教育来改变的，从国内本科到南洋理工大学，再到剑桥。做抖音是一个偶然，但是如果没有留学经历，我可能就做不成功，我对创业的态度也不会那么坚定。所以我依然相信是教育改变了我的命运，教育也是一项非常重要的投资。

现在国内每年有1000多万人参加高考，但本科的比例不到一半，能够上985、211院校的就更少。在这样的大环境下，无论是本科还是硕士，想要出国留学的需求都越来越强烈，大家都希望通过教育来提升个体价值。

所以我觉得我其实是可以去反哺教育的，用我自己的经历和体验帮助一些普通学生接触到更好的平台，实现自己的价值。

我希望大家相信教育可以改变自己所处的阶层，实现阶层跨越，希望大家可以从我身上看到更多的可能性，也看到自己的可能性。

浦奕柳访谈录

INTERVIEW

- 毕业于美国顶级商学院巴布森学院（Babson College）的中国女孩
- ANOTA 中国新奢品牌创始人
- "生长主义"提倡者
- 福布斯商界最具潜力女性
- 中国品牌女性 500 强

林主编：请浦老师介绍一下自己。

浦奕柳：我是ANOTA品牌创始人浦奕柳。ANOTA是中国新奢品牌，主打"生命之灵"美学珠宝。为什么选择在珠宝领域创业呢？因为我从年纪很小的时候就很喜欢和美、时尚，尤其是珠宝相关的领域，那时候就梦想着要做一个自己的珠宝品牌。珠宝其实是我切入时尚界的第一步，未来我们ANOTA还会推出眼镜系列、餐盘系列和香氛系列。

林主编：你是2018年6月从美国回来的，当时为什么决定从美国回来创业？

浦奕柳：我的创业经历非常有趣。我14岁就开始创业了。第一次创业是做一个公益组织，带着一群高中生去做项目，维持组织的资金就来自我们自己开的grocery store（杂货店）。我带着一群高中生自己进货、售卖、记账。后来我们还尝试了一段很小的外卖生意，也是在10多年前，经营模式类似于美团外卖。

后来我去美国上大学，在巴布森学院（Babson College）主修创业学。大一休学一年，其间我回到苏州开了一个有机生活馆，主打有机食材。也是那个时候我爱上了美食，我们做了很多法式菜肴。一段时间之后我就把股份卖给了我的合伙人，回到美国念书。休学期间的创业经历让我认识到了创业的艰难。虽然赚到了一些小钱，但确实非常辛苦。回去读书之后，我就开始在美国各地旅游。我每周有两天满课，从早到晚五六节，其余5天的自由时间我经常到处飞。大学毕业典礼那一天，我上午刚领完毕业证，下午就拿着六七个箱子飞到了拉斯维加斯住了两个星期。那段时间里，我突然意识到，应该开始做一些人生中有意义的事。于是我马上订了机票飞到北京来创业。

一开始，我加入了一家医疗公司，他们的CEO是一位我认识的长辈，他的公司在一年之内发展得非常快。那会儿我抱着学习的态度加入了公司，想看一看国内的市场是怎样的，想看一家公司怎么在短期内实现从零到一的发展。本来我已经申请了法国蓝带，要去学法餐，已经交好了学费，厨师的衣服和刀都配好了。但是，医疗公司的CEO当时邀请我留下来当合伙人，最终我经过慎重考虑，决定留在北京。因为我从小就出国留学，对于国内的营商环境等情况了解不足，医疗行业整体比较传统，我能得到很多生意场上的锻炼机会。

我那时候年纪轻、不服输，就想去做自己不擅长的事情。在我看来，我擅长的是品牌营销，不喜欢的是内部管理、供应链这些对内的事情，所以在那家医疗公司时，我就特意去做对内的事情，如组织管理、绩效管理、供应链管理，包括去看工厂、海外出差、投融资等，一个人在公司能做的事情我基本上都涉及了。

整整三年，我没有任何的娱乐生活，每天基本都是八九点到公司，晚上十一二点回家，甚至有段时间晚上做梦时都是解决方案。三年的宝贵经历让我体验到，一家公司从零到一难，从1到100更难。这期间公司经历了很多起伏变化，有低谷的时候，也有销售额非常高的时候。

林主编： 在你看来，你留美的经历对后面创业有多大帮助？

浦奕柳： 在美国，巴布森学院作为名列前茅的商学院，教学内容非常殷实，对后面的创业有很大帮助。它的校友会平均年龄50岁，有许多成功的企业家，我是唯一一个相对年轻的理事会成员。大一、大二的时候，我们的实践课程就是去做一家公司，学校发5000美元支持，让你完成从构思到落地、运营，甚至税务处理的整个流程，非常真实。大三时我修了众筹的课程，巴布森学院也是第一个在本科阶段提供众筹课程的院校。关于时尚行业的课也有。这些为我现在做ANOTA做了很好的铺垫。

林主编： 作为一个女性创业者，你觉得自己可能会遇到更多挑战或阻力吗？

浦奕柳： 有很多男性创业者对我说，觉得女生创业真不容易。他们能站在一个很平等的角度给我反馈。在我看来，首先，女士的身体素质可能相对会弱一些，体力上可能会吃亏一些。另外，出去谈判的时候可能在平衡人际关系上需要较多的情商。我前两天去了博鳌论坛的木兰分享会，见到了许多非常温柔又有力量的女企业家，对我很有启发，也很有激励的效果。我认为女性的力量包含治愈的部分，用在企业的人际交往中会更柔性。

林主编： 你14岁就创业了，一路走来也尝试了很多方向，从公益、医疗到珠宝，跨界步子迈得很大，跨越了10年以上的时间。与10年前相比，你认为现在的创业环境怎么样？

浦奕柳： 首先，资源更充足。在过去，很多创业的事情都要你自己去思考、琢磨，肯定会走更多的弯路。但现在有各种支持和外包团队，整个商业环境中可选择的东西更多。其次，竞争更激烈。商业环境中的资源我能够得到，别人也一样，那么我面临的挑战就更大，实现差异化也更难。当下的大环境压力还是蛮大的，做消费品也不太被看好，出去融资不太容易，现在都在做硬科技。没有充足资金的情况下很难做新项目。"乱世出英雄"。在整个环境下行时，放弃创业的人会增加，那么对自己来说竞争对手可能就少了，这样往往更容易成功。

林主编： 每年有那么多想做轻奢品牌的人，你觉得ANOTA为什么能杀出重围？

浦奕柳： 我们对ANOTA的定义是新奢，也就是New luxury。长期来说，我们想做中国的奢侈品牌，当然这需要很多年去积累，是一条漫漫长路。ANOTA最关键的特点是原创。从命名的角度去讲，ANOTA，"A Not A"，用《金刚经》中的话去诠释，"佛说世界，即非世界，故名世界"。意思就是你看到的不一定是真实的，背后蕴藏了大道理。

从设计角度上讲，我们第一个系列，也是最经典的系列叫"生"，生命的生，饰品上采用循环元素，每一节采用元宝元素，每三节是一个生命的生，代表生生不息。对于佩戴者，我们希望它能提供能量上的支持，也代表生意源源不断、能量生生不息，有着非常美好的寓意。我们还做了很多高级定制，根据金木水火土属性去做定制。ANOTA依托中国传统哲学思想，如《易经》《金刚经》等，将其中的意蕴通过时尚的载体诠释出来。

中国是我们品牌的发源地，也是第一站。ANOTA已经开始布局美国市场，希望把品牌带到国际上。中国人想搞奢侈品牌是非常难的，我们长期都在给别人的品牌打工。

林主编： 你如何想到把中国自己的奢侈品打出去？

浦奕柳： 中国不是没有奢侈品，而是中国的奢侈品实在太奢华了。我分析过奢侈品诞生的历史背景，在过去的欧洲，香奈儿、宝格丽等品牌为当时的贵族、名流做定制，在美国有蒂芙尼、海瑞温斯顿等品牌兴起。就国内来说，首先现在大家具备了民族自信，国家昌盛、繁荣富强；也具备了文化自信，新中式、国潮、《易经》等越来越受欢迎。在这个节点，一定能崛起一批属于中国自己的国际品牌。

对于ANOTA来说，这个节点恰逢其时。奢侈品很难做，最重要的是背后要有文化支撑，所以我们在这方面倾注了很多心血。我看到一些同行可能是抄了ANOTA的设计，包括视觉图、概念等。我更希望大家如果有想法做中国的品牌，那么更好的选择是去发挥自身的原创精神，不要只想着赚快钱。

林主编： 你怎么看待钻石价格被中国人打下来这件事？

浦奕柳： 我觉得非常棒。这不仅是为国争光的事。钻石过去曾是西方的营销传奇，但实际上，一个矿场的钻石出产量很高，只是没有放开开采。我认为天然钻石和实验室钻石是可以并存的，我们会同时售卖天然宝石和培育宝石。ANOTA服务的都是高净值人群，为他们服务的时候需要满足两类需求，首先是审美需求，比如天然粉钻非常稀少，但又很美，那么用培育钻也能够满足客户的审美需求，价格上也更合适；其次是保值需求，一些客户会将珠宝作为理财产品，希望它具有升值空间。

我认为这两种需求并不冲突。正如我们的品牌理念所体现的，要寻求事物的本质而不要被外在所迷惑。要看到自己对珠宝的真正需求。对于有审美需求的客户来说，去买美的东西，享受这份美就可以了；对于有理财需求的客户来说，看重的是它的理财价值，我们就提供非常有升值空间的珠宝。

林主编：你怎么看ANOTA未来的出海？它的目标是什么？你对它有多大期待？

浦奕柳：比较起来，我认为国内是一个需要细心培育的市场，我会做得非常慢，每一步都会很慎重，思考会非常周密；在美国市场我反而会做得非常快，因为它的情况和国内市场不太一样，消费品的独立站，是很适合用来打入境外市场的。

最近我也在思考，做消费品领域创业可能要眼光向外看，我们在国内投入更多精力，但是美国市场的发展可能会相对快一些。

林主编：你觉得什么样的美国人会成为ANOTA的潜在客户？

浦奕柳：首先是认可ANOTA品牌文化的人。在当下，正是输出中国文化、讲好中国故事的好时机，我们把一些中式美学意蕴展示出去，美国人其实能够理解其中的内涵。其次就是追求性价比的客户。现在的消费者都很聪明、理智，会在不同品牌之间比价，这也是我们的优势之一。

林主编：在同时代的海归创业者中，就你的创业经历来说，如果给自己打分的话，从1—10，你觉得能给自己打几分？

浦奕柳：9分。首先不会是10分，因为我不是尽善尽美的，还需要努力。为什么是9分？因为我从小到大每一步都没有后悔过，每一天都过得很认真，每一个决定都是我认为非常值得的，这个分数算是我给自己的肯定和鼓励。其实比较不是必要的，优秀的人太多了，肯定有比我优秀的人，我每一天能够做好自己的事情，这就很棒了。

这种理念在ANOTA品牌概念中也有所体现。ANOTA提倡的是：出身、性别、状态都不重要，最重要的就是问心无愧。挖掘内心的本质，看到自己真正想做的事情，并为之努力，这就够了。和别人比较是永远比不完的。

林主编：浦老师真正做到了知行合一。自己的认知和创业品牌的理念是一致的。

浦奕柳：我觉得知行合一可能还差一点。我一直提倡"知行交互"。就是认知层面和行动层面可能永远会有一些差异，这没关系，如果知识层面能超前一些，然后行动跟上，随即认知再提升，那么人就永远处于一种积极进步的状态。正如我们的珠宝"生"系列所体现的那样，生生不息。

今年，ANOTA得到了许多认可，包括HICOOL全球创业大赛的三等奖。这个大赛以科技创业者居多，在文创消费领域给的奖很少。所以能杀出重围拿到三等奖已经算是非常优秀了。对我们来说，ANOTA的创立是一件很有意义的事情。创立之初，我经常在想，是做一件简单的事情，还是做一件难的事情？在我看来，没有所谓的简单或难，我要找的是一件能够给社会创造价值的事情。

从14岁开始创业到现在10多年，我一直想在有资源和人脉的情况下，尽自己的努力去做有些影响力的事情，包括最初的公益组织、后来的医疗公司，ANOTA也是。我认为自己能在文化领域创造一些新的热潮。不管参与哪个赛道的竞争，既要看市场，也要看自己的出发点。ANOTA不仅是一家时尚公司，也是一家用文化承载时尚的公司。

马知耀访谈录

INTERVIEW

- UCD 农业和发展经济学博士
- 硕士毕业于美国芝加哥大学经济系
- 本科毕业于美国加州大学圣巴巴拉分校
- 鸥鹭学社创始人
- 中华思源工程基金会"定心丸农民安心计划"执行主任
- 走进乡土，再识世界
- 做现实派理想主义者

林主编：马老师能给大家介绍一下自己吗？

马知耀：大家叫我知耀就好，我的名字取自"路遥知马力，日久见人心"。我目前在美国加州大学戴维斯分校的博士项目深造，之前硕士毕业于美国芝加哥大学经济系，本科就读于美国加州大学圣巴巴拉分校。我既是留学青年公益组织"鸥鹭学社"的创始人，也是中华思源工程基金会"定心丸农民安心计划"的发起人和执行主任。

林主编：你觉得加州和美国东部的一些城市在整体环境上有什么区别？

马知耀：我觉得主要体现在两方面，一个是地理方面，另一个是文化方面。

在地理方面，加州整体上地势辽阔，对于我们学生来说，舒适度很高。即使在村里，离市中心也不远，幸福感很强，春夏几乎每天都能看到日出日落，特别美丽。

加州大学戴维斯分校这边挨着好多农场，是一个大平原地区。虽然没有UCSB（加州大学圣巴巴拉分校）海边的那种感觉，但是气候也都以晴天为主，一年之中阴雨天较少。而在美国东部城市，比如芝加哥和纽约，会更加四季分明。

在文化方面也有一些差距，加州会让人感觉更轻松、更多元、更包容，容易让人专注学术，带有理想主义的色彩。而东部的感觉更正式和商务，让人感觉应该有所作为，有一番事业。

林主编：当时怎么想到去美国读本科呢？

马知耀：其实这个选择比较偶然。我初中在北师大实验中学、高中在北师大二附中本部，没有就读国际部。本来打算参加高考，读历史或经济专业。可当时学的是理科，想转文科比较困难，于是我特别想把文理结合在一起，因此，我觉得美国的教育更适合我。回家后跟爸妈商量，和学长学姐去聊，他们说我可以去美国尝试一下，也可以拓展一下视野。

林主编：你还有两三年就能拿到博士学位了吧？一直在按部就班地做研究吗？

马知耀：对，新冠肺炎疫情中间有一年多的时间是线上课，基本上没有延期过，我一直想把本科到博士阶段的思考跟社会实践结合在一起。

林主编：你的本科和博士的专业是什么？转变很大吗？

马知耀：转变非常大。我本科入学的时候是精算专业，就是保险定价，当时看上这个领域的原因主要是收入比较高。但实际上学后发现，和个人的兴趣点不太契合。

所以后面我就转回我比较擅长的学科——数学，我尤其对应用数学特别感兴趣，就是如何把数学工具运用到实际的社会和生活中去。于是我又读了一个经济学专业，所以在本科阶段是这两个基础学科学位。

大一、大二时我特别想进入一个光鲜亮丽的行业，比如咨询和投行。我去了好几个机构实习，发现那些都不是我内心真正想要的，我可能还是更想做一些和发展经济学方面有关的事情。我和芝加哥大学的几个教授去沟通，他们说我的兴趣其实更多的是在农民和贫困问题上，他们建议我去申请加州大学戴维斯分校的博士，他们的农业经济学在全美排名前二。

林主编：从时间上来看，你当时出国还挺急的，高一下学期才决定，高二准备了一年，挑战性应该挺大的吧？

马知耀：挑战性不小，因为当时是从普高出国，有很多考试和文书要准备，包括做社团活动，这些都要同时协调。

林主编：当时你是怎么准备语言考试的？

马知耀：语言考试的话，当时我有点纠结考托福还是考雅思，最后选择考托福，主要是因为它的适用性更广。

当时我还没有完全决定去美国，也在考虑英国、澳大利亚的学校，托福适用于大部分学校，并且我在学习过程中发现，托福在实际沟通上实用性更强。我后来申硕士和博士都用了GRE（留学研究生入学考试），都是ETS（世界最大的私立非营利性教育考试和评估机构）出题，一脉相承。

林主编：你当时是一开始就决定了专业，还是等自己了解后再定？

马知耀：我大一时比较笃定选择了精算，后来才选择数学和经济系双专业，这个转变是通过几段社会实践和在企业实习的经历，以及跟各个教授聊天来最终确定的。

林主编：当时都在哪里实习呢？

马知耀：我在申万宏源（香港）证券研究部实习过，在中国银行的网点做过大堂经理助理，也做过中国扶贫基金会资源发展部研究助理。因为这些实习，让我决定不再做保险定价，还是回到基础学科，即数学和经济学上，给自己未来创造更大的可能性。

林主编： 很多同学都认为搞基础学科未来的发展前景有限，你怎么看？

马知耀： 我觉得完全相反，尤其是在本科阶段，读基础学科，像数学、经济、历史，反而会让你未来的路更宽。我申请经济学博士的时候，教授跟我说，如果你本科学的不是数学专业，我们是不会要你的。

因为他们需要你有很强的基础学科背景，这样当你去观察社会现象、抽丝剥茧地写论文、做理论模型时，才能有一个比较好的基本功。现在都讲跨学科，所以不能完全局限在一个学科里。我建议先找到一个基础学科，然后再找一个稍微有点专业度的方向。

林主编： 你觉得美国的通识教育怎么样？

马知耀： 从美国整体上来讲，通识教育的上限极高，下限也极低，特别取决于个人的自我能动性。想要好好学，那你能够获得的资源和帮助特别多。但是如果你自己放弃了自己，或对自己没信心的话，那结果大概率也不好。

林主编： 那学生该怎么去做，才能够提高自己的上限呢？

马知耀： 我的一个建议就是，把个人兴趣、职业规划，还有现在国家的战略结合在一起。如果能将这三者结合在一起，你会有很大动力去做你想学习的事情，也会有更大的成功率。毕竟我们中国人大部分都认同"经世致用"的价值观。

举个例子，我的同学很想做VC（风险投资）这种比较高端的行业。挣钱很重要，但他也特别喜欢去研究各种项目，喜欢看计划书，这是他的个人兴趣。然后他只投资医药健康，因为这和他个人家庭经历有关，他的亲人曾因病去世，所以他想通过自己的力量来帮助这个行业进一步发展。

林主编：很多同学纠结一个问题：到底是去英国读本科还是去美国读本科？我知道你没有在英国读书的经历，但你是否了解英本和美本的区别呢？

马知耀：我觉得主要区别可能有三点。第一点是学制长度，英国是三年，美国是四年。第二个就是整体的学术文化氛围不一样，美国稍微自由一点，英国可能更体系化，严谨程度更高一点。每个人的性格不一样，选择就不太一样。第三点是地缘政治，你要考虑到国家未来的发展。

林主编：美本读完后，又有很多人纠结到底读英研还是读美研？你当时为什么选择考芝加哥大学的研究生？

马知耀：因为我特别想读经济学，芝加哥大学是全球最好的经济学殿堂，包括马克思主义的经济学家也在这里，你想研究任何一个方向的经济学，学校都有好的教授能指导你，而且都是学术上的佼佼者。他们比较愿意开很多学术会议，给学生提供资源。

林主编：你觉得芝加哥大学和加州大学除了气候上的区别

外，整体学习氛围有什么区别？

马知耀：我觉得芝加哥大学跟加州大学有一些共同点，比如都是一年三个学期，不同点就是同学之间的交流特别不一样。在加州，我跟教授之间交流是非常轻松的，基本上可以直接叫first name（名），写邮件可以直呼其名。芝加哥大学会更正式一点，你需要叫对方professor（教授）、doctor（博士）、Mr（先生）等。

芝加哥大学这边的老师会很注重你表达的连贯性和逻辑性，而加州这边的老师会在严谨的内容里穿插一些比较有意思的东西，所以这是两种不太一样的教育风格。

林主编：有没有一个瞬间或者你经历了某一件事，导致你最后选择农业经济学这个研究方向？

马知耀：在高二的那个暑假，我当时和三个同学一起去了青海省的海北藏族自治州，在农民家里住了10天。当时他们一家人的年收入是2000块钱左右，非常非常少。他的四个孩子特别可爱，天天跟我们在一起放牛、除草。他们的父亲是一家之主，在我们走之前的两天回来了，他出了车祸，需要治病，还要赔人家一万多，算上治病花的好几千块钱，相当于他前面几年全白干了。

然后他们家就会由一个生活一般的家庭，变成一个贫困家庭，这种医疗风险、收入风险问题太需要去解决了，这不是个别现象，很多家庭都是这样的。

林主编：那个时候全面扶贫还没开始？

马知耀：2013年开始精准扶贫，当时是2014年，这个地方还没有受到政策支持。现在这个家庭改变特别大。所以我觉得需要社会各方面力量进一步帮他们把收入给稳固好，或者帮他们找到更多的资源。

林主编：为什么有很多的留学生会参与到脱贫这项工作中呢？因为很多人认为留学生是富家子弟，网上有很多针对他们身份的抨击，你如何看待这件事？

马知耀：我觉得有两点。第一点就是肯定有这种情况，我觉得这是需要去承认的。第二点是留学生里面并不都是很富裕的家庭，大部分是中产。他们也会追求一些精神和信仰上的东西，希望自己的所思所学能够给社会创造价值。我觉得这时候就需要一个青年人自己的平台。

现在留学生里面很多人都被冠以"精致的利己主义者"标签，我们鸥鹭学社就提出了一个新的标签，想让更多的人成为"现实派理想主义者"。我希望能够运用自己的专业知识和资源，承担起社会责任感。

林主编：从你的本科阶段到研究生，再到博士阶段，哪一段经历给你的触动最大？

马知耀：触动最大的话，还是现在我创立的公益组织——鸥鹭学社。通过它，我从一个人变成了一群人，一起做了很多有社会价值的事。说实话，我们也从受助的农户、乡村学生那里学习到了更多的知识，很多时候我们才是无知的。另外，我其实特别不喜欢把我们这个团队说得特别厉害，拔得特别高。因为我们的理念是走进乡土，我们想先自我教育。

林主编："鸥鹭学社"这个名字是怎么起的？

马知耀：这个名字比较有意思，它出自《列子·黄帝》中的"鸥鹭忘机"。这个词指人不要有奸诈之心，不要有不好的心思。我们做事情也要一心一意，不要动歪心思。

林主编：你觉得留学生，尤其是在美国的留学生回国后，这些人身上有怎样一种共性？

马知耀：我觉得美国留学生回国之后，相比国内的大学生，他们会更外向，并且也都更愿意去微笑，我觉得这是一个特别好的点。但有的时候会起反作用，比如你太主动了，可能会触碰到别人的界限，让人感觉没有边界感。

林主编：你本硕博都是在美国读的，你觉得接受过美国教育的学者和国内本土的学者有什么比较大的区别？

马知耀：其他的专业我不了解，不太好举例子，我就说说农业经济学系吧。据我了解，很多美国教授，包括我自己的导师，他们在带学生的同时，也会全身心投入地去做自己论文的技术和建模部分。我们学校的Michael Carter（迈克尔·卡特），是一位在发展经济学界特别优秀的教授，他论文的数学模型都是自己做的，很认真。但一些在这一领域的国内学者，由于很多事情需要他去忙，如带学生或者申项目、写标书，学术上可能就会有所荒废。

我觉得这是我国学术界需要向美国学界学习的点，因为这是核心竞争力。美国也有很多自己的劣势。中国经济学领域会做跨学科研究，如国内的经济学系会跨学科进入公共卫生领域研究，发起一些社会学习项目，不同学科领域之间有非常多的合作机会。美国经济学界可能更"故步自封"一点，比如"直播带货经济学"，他们就完全没有涉及。

林主编：我觉得接下来中美之间互相学习、互相研究的地方还有很多。原来我们是全面学习美国，当时有个词叫copy to China，就是把美国东西复制到中国，我觉得现在可能就是copy from China（从中国复制），需要从中国学习很多东西。

马知耀：美国人跟中国人有个最大的不同点，就是中国民众特别愿意去外面学习、吸取经验，我们都特别渴望对外开放。但是一些美国民众，尤其是中部、中西部的一些人容易故步自封，他们没有动力去了解外面的世界是什么样子。

林主编：你觉得这段出国的经历，对你整个的人生价值观和世界观的塑造有怎样的作用？

马知耀：一个是我对自己生活态度的改变，另一个是我对这个社会认知的改变。出国这几年的一些经历，让我真正意识到想要在当今社会中感知到幸福，能够依靠的只有自己。

我在美国留学的时候，大一是对我冲击力最大的一年。毕竟是在异国他乡，同时由于打篮球受伤造成的背部和腰部的长期慢性疼痛，那段时间我感觉没有精力去处理外部世界的事物。因为每天都需要忍受背部肌肉的疼痛，听讲也受到了影响，很难集中注意力，这导致我有一段时间有点抑郁。

然后我就意识到要把未来的事业规划好，而这只能靠自己，有时候亲人太忙顾不过来。于是我就自己开始约学校的理疗复健，差不多用了半年的时间终于把生理上和心理上的状态调整好。

林主编： 你从什么时候开始树立了你现在的目标？

马知耀： 我觉得留美的经历让我从中学时期的盲目自信转变成一种理性的自信。我之所以能够确定自己的职业规划，也是因为在美国留学的经历对我先前的价值观有很大的冲击。作为一个中产阶级家庭的孩子，我知道应该先从自己出发，找到一个自己的兴趣和落脚点，再结合自己从小到大的价值观和成长环境，将两者进行融合。我从精算专业转到数学系，又转到经济系，最后又转到跟国内乡村振兴息息相关的农业和发展经济学，其实这就是实践—学习—再实践—再学习的过程。

林主编： 现在很多的孩子和家长为了逃避国内高考选择出国，你是否认同这样的规划？

马知耀： 确实像你说的，这种现象是普遍的，很多爸妈希望通过出国留学让孩子逃离竞争，或者找到一个新的赛道，让他们能够更好地发挥自己的优势。对于中产阶级，这是一个理性的选择，但是它有一个前提条件，就是在做出出国留学这个决定之前父母就找到了孩子的优势，或者知道让孩子走哪一条赛道。

林主编： 今年人工智能这么火，你可以结合在美国看到的新技术和发展趋势，给大家一些这方面的建议吗？

马知耀： 我从经济学的视角给大家提供一些建议吧。未来的人工智能类的工具，包括AI的衍生品肯定越来越强，越来越多，不再需要你花时间去做一些基本功了，需要的是你在感知和描绘世界后有形成自己价值观的能力。

我更愿意相信，AI未来仍然是作为一个生产工具存在，而不会代替人类。所以在人工智能高速发展的时代，想要有更好的发展，具有更多竞争力，就需要去学习如何运用好工具，这样你才能走得更远。我们每个人将来都会有很多优秀的"AI员工"，因此，领导力和视野的宽度、广度就显得更加重要了。

李佳琳访谈录

INTERVIEW

- 民商事诉讼律师
- 联合国中国青年代表
- IHC 青年精英联盟联合创始人
- 在哈佛大学举办中国文化峰会,向世界传播中国文化

林主编： 能否介绍一下你的家庭？

李佳琳： 我爸是律师，我妈是老师。我现在从事律师工作，可能就是受到了我爸的影响。可以说我们家从事法律行业的人非常多。

我爸妈对我的教育算比较开明，他们会支持我想做的事情。受我爸的影响，小的时候我觉得律师是精英行业，平时西装革履的，走在那种高档的办公楼里。长大后我接触这个行业才知道，律师的职责是帮助当事人维护自己的合法权益。其实大部分人对法律的了解并不深入，自身并不能很好地运用法律维权。还有一些刑事案子，我们是作为被告方的代理律师来出席的。我觉得法律一定是惩罚犯罪的，但是在被告的定罪量刑上，我们会尽最大的可能维护被告的合法权益，让定罪量刑处在合理的范围内，不至于被告方受刑罚过重。

我大学毕业后，爸爸妈妈对我的规划是希望我从事公务员，尤其是公检法系统的公务员。他们觉得对我这个女孩子而言，公务员是最好的选择。

我想法比较多，喜欢自由的状态，觉得律师比较适合我。选择出国是我自己的决定，因为我很想去体验不同国家的教育、生活方式。本科毕业之后，我非常坚定地要申请美国的学校。

林主编： 为什么选了美国？

李佳琳：相对来讲，我觉得美国的大学算顶级的了，家里有一些亲人在那边，我爸妈觉得比较放心。

林主编：为什么选了凯斯西储大学？

李佳琳：这个事说起来也是缘分，因为我参加了这个学校在北京的线下活动，见了他们法学院院长，还有一些教授，一切顺理成章，我从申请学校到去美国花了不到两个月时间。我当时就申请了这一所学校，只因为在北京见过他们。

林主编：你学的专业是什么？那边的学习环境是怎样的？

李佳琳：我的专业是国际商法。学习环境跟国内确实有很多不一样，在美国的课堂上，教授更鼓励你去提问，主动跟他去交流。私下我们学校也会定期让教授和学生们共进午餐，就是为了方便大家沟通。

林主编：你在美国哪里工作？

李佳琳：一家纽约的移民公司。因为有一年的OPT时间（美国F1签证学生毕业后的实习期），觉得不用有点可惜，就在那边工作了。工作一小段时间后我就回国了，现在在做律师。

林主编：你想做维护女性权利的律师吗？

李佳琳：有在考虑，我现在主要的业务是民商事诉讼。女性权益保护确实是我下一个阶段要做的事情。也不光女性，儿童或者其他弱势群体的权益保护都是我想做的方向。全球范围内家庭暴力的案件都比较多，我想做一些这方面的事情。虽然现在社会已经发展、进步了很多，但是在工作上，对女性依然是不够公平的，我也希望通过组织一些活动，促进社会改善女性就业环境。

比如，你怀孕了，个别公司会想办法开除你，适婚、适孕年龄阶段的女性相对来说也不太好找工作，诸如此类情况都是我希望去改善的。

林主编：留学经历在多大程度上影响了你现在的抉择？

李佳琳：留学确实让我的思维更加开阔了。去美国之前我一直觉得做律师只要做好律师这一件事情就可以了，但从美国回来以后，我现在私下里也做一些社群的活动。我现在觉得世界是很广阔的，你可以做很多事情，不是说你的主业是律师，就一辈子只做律师这一件事情，未来还是有更多可能性的。未来几年，如果有合适的机会，我可能会再回到美国，去藤校读MBA（工商管理硕士）。

林主编：你自己的职业规划是否受到家里的影响？

李佳琳：选择律师这个行业确实是受到了家里的影响，因为从小耳濡目染。在社群方面以及其他更多元的方向，是受到了我的留学经历和身边朋友的影响，因为身边创业的朋友很多。人这一生一定要找到自己特别热爱的事情，法律是我比较喜欢的，但是我也可以有其他喜欢并且热爱的东西，我会坚持去做它。

林主编：你所在的凯斯西储大学是怎样的学校？这个学校的课程、氛围以及同学有哪些特征？

李佳琳：凯斯西储大学是一所私立学校，同学氛围是很好的。我所在的国际商法专业比较特殊，国际生里中国人、印度人、阿拉伯人比较多，美国当地人少，不过大家都挺团结友善的，教授也都很好。我们院有一个教授有一次在下课之后对大家说:"我知道大家都是国际生,来到美国很不容易,私下有任何需要帮助的事情可以随时找我。"当时我觉得非常温暖。后来我想在美国工作,教授们也都积极地在帮我,教授对学生真是非常好!

林主编:您在国内也上过大学吧?和国内大学的氛围相比,美国的大学有哪些不一样?

李佳琳:美国的校园气氛比较活跃吧!可能那会儿我年纪小、会害羞,在国内上大学的时候,我不好意思跟教授直接交流。但是到了美国之后受到整体氛围的影响,我所有事情都会和教授说,向他们寻求帮助成了很自然的事。

林主编:在留学期间有没有让你刻骨铭心,或者你觉得非常有意思的事可以分享?

李佳琳:在美国的经历锻炼了我的勇气,让我变得更加勇敢了!当时课业压力比较重,加上我语言不够精通,挺影响学习的。比如,老师上课讲的东西,我可能只能听懂50%—60%,尤其到了期末,压力会很大。有一段时间我挺崩溃的,当时也不知道什么时候可以回家,我自己飞到奥兰多住了一个星期,那是我在国外第一次出远门。

林主编:是因为你家教很严,不让你自己一个人出去吗?

李佳琳:环境不一样吧。在国内自己出门是可以的,但在国外那种环境,自己出去还是会有点怕。异国他乡,自己和家人都会担心安全问题,尤其我们学校所在的克利夫兰市不是特别安全。有两次我独自去加油,碰见不太友好的当地人指着我的车说："一会儿我要把你的车拿走。"我在街上还被当地美国人骂过。不仅是我，我的朋友也有类似经历。新冠肺炎疫情期间，我一个同学去超市购物的时候，被一些不太友善的美国人围在那骂。

林主编：除了因为亲戚的因素让你选择去美国留学，在课程设置、学制方面，你有没有其他的考虑呢？

李佳琳：主要考虑的是含金量，美国大学的教育水平是很高的。其实这个含金量也体现在两个方面：一方面，美国的学费是很贵的；另一方面，美国的入学要求在全球教育系统里是较为严格的。所以世界范围内对美国学历的认可度也更高。

林主编：你毕业之后工作了不到一年就回国了吗？做出回国的决策是基于什么考虑？

李佳琳：主要还是为了家里人，因为跟爸妈分开的时间太长了，如果我长期待在美国，跟他们见面的次数是很有限的。让他们搬到美国去比较难，毕竟语言不通，这么大年纪了，重新学英语感觉有点不太现实。

林主编：从职业发展上考虑，回国也是个不错的选择吧？

李佳琳：我爸有20多年的执业经验，在法律方面遇到问题，我可以随时向他请教。

林主编：自己这段留学经历符合家长对你的预期吗？

李佳琳：一半儿一半儿。我能顺利毕业且平安回国就已经达到他们的预期了。至于我回国之后的发展方向，父母希望我更稳定一点，但是我的想法以及做的事情早已偏离他们的预期，父母更希望我能安安分分做个律师。没回国之前，我爸也问过我考不考虑进入体制，从美国回来之后，我就彻底打消了这个念头。

林主编：为什么你从美国回来之后，打消了进入体制的想法？

李佳琳：因为我有很多自己想做的事情。比如我现在做的社群，如果在体制内的话会受到一些干扰。还有我未来的职业规划，一定是一辈子做律师吗？律师是我现在热爱且愿意从事的职业，后期我可能回美国去读MBA。如果进入体制的话，这个就比较麻烦。但是做律师的话，时间上我会自由一点。比如这两年我在美国，然后等我毕业了再回来也是可以的。

林主编：如果有一个新的同学问你："我应该如何度过自己留学的这几年时间？"你有什么比较好的建议给他吗？

李佳琳：首先，好好学习肯定是很重要的。其次，要多参加学校活动，多跟当地人交流，了解美国的文化及生活方式，多看看这个世界，比如去美国几个大城市转一转。也可以去欧洲、澳大利亚等地多体验一下。我觉得年轻的时候有时间、有精力，要多去体验，因为工作以后可能就没有那么多时间去看这个世界了。留学期间丰富自己的阅历很重要，因为国内对人的要求卡得比较严，20岁一定要干什么，25岁一定要干什么，30岁可能就要求你结婚生孩子。但是国外很多时候不是这样的，你会看到有很多人30多岁还在读书。这个世界上有很多不一样的生活方式，我觉得大家可以去看一下，选择一个自己想要的生活方式。

林主编：你对自己的未来有什么规划？

李佳琳：从律师的职业规划来讲，三到五年的时间，我想成为一个合伙人。在社群方面，我希望可以稳定发展，后期可以组织一些更大型的活动。除了组织活动以外，我们也一直在思考建这个社群的目的。我们的社群未来不只在北京，也不只在中国，可能全世界各地都会有分布，因为我们最主要的目标是促进全世界青年的交流。也会做一些其他的事情，我希望自己在一步一步往前走的路上总会遇到新的惊喜。

林主编：你如何定义新的惊喜？

李佳琳：一些意外的机会吧！

林主编：你对这个社群最大的期待是什么？你希望它成为什么样子？

李佳琳：我希望它成为一个全世界范围内青年人交流的平台。大家都可以从这个平台其他成员的身上学到一些东西，不管是知识还是经验，真正实现资源的共享和互换。

林主编：这个目标蛮大的，要做的工作还有很多。

李佳琳：对。任何事情想做成都需要一步步来，不能着急。

吴昊访谈录

INTERVIEW

- 澳大利亚最大留学生及华人 IP 创始人
- 首位亚裔登上宾大项目官网 & 年度领导力奖
- 宾夕法尼亚大学组织管理硕士
- 福布斯国际青年领袖
- 沃顿商学院精英俱乐部 Chair
- 15 年海外留学工作
- 藤校项目设计及招生官
- 10 年连续创业 + 大厂工作经验
- 帮助上百个家庭实现国际教育梦想
- 栖息于多个行业,为上千个品牌提供过跨文化咨询服务

林主编：可以介绍一下你的家庭环境，以及父母对你的教育规划吗？

吴昊：我成长在一个小康家庭，父母都有稳定和正式的职业。我母亲是一位教师，作为一个教育从业者，她给我设立了很好的榜样；我父亲是私企的管理层。从小他们就对我未来的职业选择进行了一定的铺垫。

我的小学、初中上的都是公立学校，我是按部就班地参加小升初、中考、高考，是非常传统的中国孩子教育攀升路线。高中毕业后我就出国读本科了。

我父母对我的教育是引导式的。比如小时候，别的小孩在我们小区花园跑步时跌倒受伤了，他们的父母肯定第一时间赶到孩子身边，把孩子扶起来。但我的情况就不一样了。我摔倒了，我父母可能只会给我语言上的支持，告诉我：这只是一个很矮的台阶，我可以依靠自己的力量站起来。当时还很小，但我对这件事印象非常深。尽管我哭声震天，可我是靠自己的双手撑着地爬起来的。

从那时开始，我基本上养成了非常独立的性格。我觉得父母对我的引导式教育是基于独立和尊重。他们不想干涉孩子太多，如果我有一些兴趣方面的追求，他们会给我足够多的机会或平台，让我去尝试不一样的事物，让我能挖掘自己的潜力。

还有一个比较有意思的点，他们不会给我报很多培训班、兴趣班，而是有一套自己的方法，类似于国外本科生或研究生选课时，会有一周的Trial Period（试验期）。小时候，父母会给我一个月的时间去接触某方面的兴趣，我若是确定想继续钻研，他们才会让我继续投入这个项目。他们给我培养了一个很强的观念，那就是做每一个项目都是有投资和产出的，是否值得投资需要我个人去评估。

所以，我的童年和青少年阶段都算比较轻松，没有较大的精神负担，潜意识里觉得教育大概就是这个样子。得益于父母对我比较自由宽松的教育，我现在性格独立、爱自由。虽然他们在我之后的择校选择上给出了一些帮助和建议，但他们始终没变的一点是，非常尊重我以兴趣为导向所做出的选择。

我一直认为，父母在规划阶段能给孩子足够的空间和支持，并在遇到困难时，能够告诉孩子以一个自己能够接受的方式去解决问题，才是家庭教育的根本。

林主编： 你为什么决定要出国深造呢？

吴昊： 我从小就有一个出国读书的愿望。我所在的福建福州，孩子出国的比例比较大，当时家庭也有往这方面去努力。再加上我小时候当了多年英语课代表，对英文有很大热情。至于出国时机为什么选在高中毕业，主要是受到父母的影响。他们始终认为，中国文化对于中国孩子来说是有重要意义的，他们希望我保持对自己民族本源文化的认知和积累，基础教育一定要在中国完成，所以我高中毕业后才出国读书。

从我自身来讲，我当时的主要目标在国外，所以选择了相对比较容易留下来的国家和地区，比如澳大利亚、加拿大。最终在考虑了气候、居住等多方面的要素之后，我选择了澳大利亚，于是我开始着手申请澳大利亚心仪的大学。澳大利亚的本科申请并不复杂，如果有高中成绩、语言成绩，还有一些活动材料等就足够了。

等到研究生时期，我申请了美国、英国、新加坡以及中国香港地区。这些申请都是我自己操作完成的，因为我已经在国外读书生活多年，基本信息搜集和材料准备都非常熟悉了。为了申请，我提前一年就开始了做调查准备，从背景材料到软性文书的处理，花费了我不少时间和精力。最后，我凭借自己的申请，总共拿到了14个offer。

我申请的学校涉及4个国家和地区，我发现每个地方都有各自的特点，这几个地区的院校申请上也有很大区别。有些学校对软实力和背景活动比较看重，有的学校要求的申请材料会相对更多元化，有的学校甚至会有面试环节等。大部分欧美院校的项目更看重学生与项目的匹配度，不是学生的硬性背景强就一定确保能够录取。所以在申请的调研阶段，就需要用很多精力去找与自己的专业和课程，还有其他软性方面相匹配的学校。准备申请的过程中，要写好个人的personal story（个人故事），用自己的个人故事展示学术和职业方面的优势，这是非常重要的。

林主编： 拿到14个offer以后，你为什么选择了宾大？在宾大读书后，你认为宾大的教育带给你哪些帮助和思考？

吴昊：我拿到的offer包括港大、新加坡国立、宾大、西北大学、伦敦大学学院等。但当时我知道，宾大的沃顿商学院在世界范围内都非常有名。我作为一个原本就是商科社科背景的学生，觉得这是个很好的平台。对我而言，留学教育其实就是再投资，我更看重作为平台的学校能给我带来什么资源。

我去宾大之前，在一个大厂里工作了3年，并且已经是两家公司的创始人。我有一个有关澳大利亚留学的社交媒体IP，做了上千个品牌的代理。基于我的性格，我需要新的挑战，迈出自己的舒适区，而宾大这个平台就能给我这个机会。

在宾大读书时，我帮助了全球各地非常多的学弟学妹，他们经常会抛给我不少的问题求助，比如如何去实现自己的规划、如何申请留学之类的疑问。这期间我帮助上百个家庭实现了国际教育的目标。

我空闲的时候也会开展副业，比如我在宾大读书期间创办了第三家公司，是和宾大联合做一个青少年项目。未来我会做这个项目的亚太地区的招生官，联合更多的顶尖藤校去设计一些针对亚洲孩子的项目。

另外，选择宾大还有一个原因，我想弥补我的本科遗憾。因为我在本科的时候，没有花太多心思深度挖掘自己的潜力和兴趣点，没有给自己的未来定性。所以在研究生的时候，我就非常确定我还是想继续学习商科方面的知识，想在硕士阶段继续深造。

在成绩方面，我GPA（平均学分绩点）达到了3.94的成绩，所有科目都达到A，毕业论文也拿到了最高评级。在课外方面，我参加了6个官方俱乐部,是沃顿商学院精英管理俱乐部前成员负责人,并且是项目学生代表。在全职学习的基础上,我在课外方面也耗费了不少精力。当时作为打工人的我,也参加了很多校内的营利或非营利的咨询,比如健康技术的项目管理等,我甚至还拿到了健康技术客户的推荐信。同时,我也参加了沃顿商学院的投资大赛,并进入了决赛。这些对我来说都是很棒的体验。

总体来说,选择宾大是我参加职场多年后的第二次留学。对我而言,是我依靠自己积累的能力和资源,对教育进行的一次再投资。从教育商品化的视角来看,我对资源进行了新一轮的整合,进而铺垫了下一次职业的高度。所以我觉得给自己创造一个职业的空白区非常重要。第一次本科留学是塑造我个人,第二次研究生阶段的留学,是创造我的未来。

在国际教育方面,我希望通过自己的力量去打破这种"顶尖优质教育资源的不平等性",让优质的教育资源能够传递给更多中国家庭,这些都是我在宾大非常重要的收获。

林主编: 你觉得名校的学历和教育经历能带给你什么?

吴昊: 我觉得名校学历能带来什么,取决于你在什么阶段去上名校。

本科上名校和研究生上名校会有不一样的前提条件。如果是本科上名校,可能会带来思维上的改变,因为本科阶段正是三观形成的时候,之后你看世界的角度会不一样,在视野和眼界上都是一个质的提升。

如果是研究生阶段去读名校,那可能还要看你是否有工作经历，是否清楚自己未来的人生规划。可以肯定的是，在本科基础上读研，专业度上会有更深的沉淀。

  我个人比较推荐工作多年后再去读名校。这个阶段，留学教育就是你的一笔投资，你也会很清楚自己想要什么样的回馈。而当你有这个回馈的需求时，你就会有一个很清晰的目标，会更好地利用名校这个平台带给你的人脉、项目等种种资源。这是一个重新塑造自己的好机会。

田家源访谈录
INTERVIEW

- 密涅瓦大学社会科学与人文艺术双专业本科
- 世界公民年中文媒体中心创立者兼负责人
- 一探 OneXplore 联合创始人
- 全美华人 30 岁以下青年精英
- 北京大学光华管理学院校友
- Watson Institute 全奖学者
- 达沃斯世界经济论坛全球杰出青年
- 博鳌亚洲青年新锐
- 波士顿未来领导力中心执行合伙人
- TEDx 讲者
- 曾入选"VISCO 2023 全球杰出创新精英年度人物""中国最具洞察力年轻人 Top100 榜单""可持续发展影响力 U35 榜单"

林主编：能否介绍一下密涅瓦大学，以及你当时为什么会选择它呢？

田家源：密涅瓦大学在2022年和2023年连续两年被"具有实际影响力的世界大学榜单"（WURI）评为"全球最具创新性大学第一名"。它也是全美录取率最低的大学之一，其录取率仅为惊人的1%。在4年的大学时光中，每一届的学生会共同前往全球7座城市：美国旧金山、韩国首尔、中国台北、印度海得拉巴、阿根廷布宜诺斯艾利斯、英国伦敦与德国柏林。在当地社区的沉浸式生活与学习中，真正地成为一名"世界公民"。

从高中毕业之后，我收到了来自21所大学的录取通知书，其中8所提供奖学金录取，包括香港大学、香港中文大学、多伦多大学等学校都向我抛来了橄榄枝，而我最终选择了密涅瓦大学。最主要的原因是，我希望在一个多元化的学生群体中，切身地感受世界各地的不同文化，培养国际视野，成为一名真正的"世界公民"。

每一届学生不到200人，但这些学生来自80多个国家和地区，这让我进一步了解了这个世界的不同维度，不再仅仅局限于自己的小小天地。就读国际高中期间，在一段时期，我一度十分担忧自己的IB（为全球学生开设从幼儿园到大学预科的课程）大考成绩，每天一睁眼就在想该怎么面对新的考试分数，是否可以达到大学录取的标准等。

但当我来到密涅瓦大学，和同学们聊起他们过往的人生经历时，我会发现，在我无比忧虑的时刻，他们中有的人已经离开了学校，开办了自己的个人工作室，成为老师，或是在新西兰的草坪上自如地弹着吉他……原来，在我眼中占据生活"全部"的一切，在这些同学的生活中可能只占据小小一角。

就课堂模式而言，密涅瓦大学采用"翻转课堂"的教学形式。日常的教学会通过Forum（讨论会）线上平台进行，每节课的学生人数控制在20人以内，教授不会就知识点本身进行过多叙述，而是默认同学在课前已经做好相关的基础知识准备，在课堂上直接与同学进一步探讨更多的应用与延伸。

除去专业教学本身，密涅瓦大学十分鼓励学生在每一个城市中积极探索，以一名当地公民的姿态完成一系列社会沉浸性质的尝试。在旧金山的第一学期，我报名参与了密涅瓦大学与UCSF（加州大学旧金山分校）联合举办的科研工作坊，探讨艺术创作对中老年群体的身心灵疗愈作用。

我因此和另一位同学前往旧金山的一个老年社区，拜访了一位从未离开过旧金山的老年艺术家，听他讲述有关这座城市的种种回忆，了解到社区给他提供相应的物资，以进行基本的生活与绘画创作的事情，我们甚至专门向他学习绘画技巧。

在首尔的一学期，我发现由于新冠肺炎疫情政策的一系列限制，大多数居民都无法在线下进行各类的社交与教学活动，我和同学便希望开发一个专注于线上指导用户学习K-pop舞蹈的App。

为了打造这个平台的原型，我们与当地许多唱片店的负责人取得了联络，通过线上专访，向他们学习一系列娱乐行业的经验，甚至拜访了SM公司及其工作人员，请教如何从0到1地搭建一个舞蹈教学平台。

在大一结束的时候，因为种种不可抗力因素，我回到了国内，同时作为一名访学生，来到北京大学光华管理学院，修读工商管理专业。对于此前修读社会科学与人文艺术双专业的我来说，这无疑是一个大胆的跨学科尝试。而密涅瓦大学本身所强调的冒险与探索精神，激励着我最终圆满地完成了相关课程，并成为北京大学校友的一分子。

之后的每一个学期都是如此。在阿根廷布宜诺斯艾利斯，我以志愿者与全球杰出青年的身份参与到当地达沃斯杰出青年社区的共建当中，共同创办了一个科普小众职业的栏目；在伦敦，我与当地市政府人员交流，更深入地了解当地中国留学生的生活近况……我在每一座城市都深入感受当地人文气息，学习并包容多元文化，同时在挑战中反思与提升自我。

林主编： 你觉得密涅瓦大学存在的主要意义是什么？它在美国教育体系中处于一个什么样的位置？

田家源： 密涅瓦大学之所以能引领"创新教育"的潮流，是因为它颠覆了传统大学对教育的定义。在密涅瓦大学，所有的学生都是自主探索的个体与教育体系的中心。

与此同时，传统校园的概念在密涅瓦大学已不复存在。全市最大的图书馆就在宿舍旁边，学生可以充分使用这座城市的一系列设施，同时在这个过程中，学校与当地社区进行深度交流与合作。

因此，在美国教育体系中，密涅瓦大学成了"最任性的全球性大学"，每一位学生都是积极的学习者与探索者，而这一身份的定位，将贯穿每一位密涅瓦学子的一生。

林主编：那些从密涅瓦大学毕业的学生，也就是你的学长学姐们，他们之后的职业与人生发展是怎样的？

田家源：据我所观察到的，密涅瓦大学毕业生的发展轨迹十分多元，虽然很大一部分毕业生会选择继续深造，但是去大厂工作或自主创业的比例依然不小。许多中国校友开办了自己的可持续公司、人生故事播客节目、AI咨询工作室……密涅瓦大学作为一所创新学校，对所有毕业生不限定人生，起到引领者的作用。

林主编：如果让你去评价这所大学的办学理念和中国式教育的最大区别，你觉得是什么？

田家源：和中国式教育相比，我觉得密涅瓦大学更强调全球化思维与创新思维的培养，它对学生的衡量标准与参与要求，并不局限于"学生"的单一身份，而更希望学生以一位公民的身份，去平衡自身与社会、学校的种种关系。在课堂之外，我们需要去思考如何适应一个全新的城市，如何在一个陌生的环境中接受截然不同的文化氛围。

这种历练是密涅瓦大学给予每一位学生的财富。在这个教育体系中，没有所谓的框架，每一位学生都可以DIY（自行设计）自己独一无二的大学之旅。

杨卓伦访谈录

INTERVIEW

- InVisor 国际教育创始人，品牌上榜胡润 U30
- 民盟盟员，帝国理工华南校友会副主席 / 广州分会会长
- 胡润国际学校排行榜评委，暨南大学校友导师
- 中国最早一批间隔年践行者，鼓励青年人勇敢闯荡
- 专注国际教育十年，长期为《人民日报》撰文

林主编： 你出生在怎样的一个家庭，大学之前父母对你的教育大概是怎样的？

杨卓伦： 我出生在一个教育世家，外公和父母都是做老师的。我从小到大接触最多的就是教育行业。所以十几年前高中毕业后人生第一次创业时，也是想要去做教育，去解决学校和老师难以解决的教育问题。到现在，我仍然专注于这个赛道。

4岁时，父母把我从江西带到了广东，我4岁前和4岁后的生活环境是完全不一样的。到广东后，我几乎是整个幼儿园里唯一不会说粤语和普通话的孩子。多亏了父母和老师的照顾及鼓励，我把粤语学到了母语水平，普通话也说得很标准。由于打开了语言天赋，我后来的英语也学得特别好。这种儿时移居他乡的经历使我更能适应国外留学和工作。长大后我觉得，在内心深处，我挺喜欢居住在异国他乡，喜欢融入感和疏离感的交织。我既主动结交当地朋友，又离群索居；我喜欢了解国外的文化，也坚持自己的独立思考。漂泊异乡会让我找回一点童年的自己，所以我非常喜欢旅行。

从小到大，父母对我的教育都比较宽松。除了成绩，父母主要关心我的品格和自驱力，比如教导我要诚实守信，让我广泛阅读。我小学时就读了很多中外名著，像《基督山伯爵》《简·爱》这种书，小时候只看得懂情节，等我长大了，就成了我了解西方文化的最初视角。

父母从来没安排过我上补习班，所以我有很多时间出去玩儿，比如跟别家的小朋友去田地里挖红薯，用砖头砌的炉灶烤着吃，然后翻到围墙上吹风发呆。我读中小学时，有很多美好的闲暇时间，除了看书就是玩。所以时至今日，我作为一个教育规划师，一直鼓励广大家长给孩子们更多的时间去玩耍。培训班也许能培养孩子某个技能，但孩子真正的成长与快乐，往往源于那些无忧无虑、自由玩耍的时光。整个社会，无论是学校还是补习班，都在教人竞争和出人头地，但玩耍能让人学会分享，学会爱别人，进而学会爱自己。所以，我很感恩父母对我的教育。

林主编：你的小学、初中和高中都是在哪里就读的？是什么触动了你后面出国留学呢？

杨卓伦：我大学之前的教育都是在广东中山完成的，高中是中山纪念中学，本科是广州的暨南大学。虽然我童年就通过各种名著和影视剧接触欧美文化，但我没有亲身体验过，所以一直憧憬着要出去看看，哪怕只是读个书也好。后来我不但有了英国的留学经历，还在留学前的间隔年去南半球的新西兰打工旅行。留学毕业之后，我留在伦敦全职工作，从事英国的中小学教育。当时PSW签证（持有PSW签证的学生，毕业后可以在英国工作两年）还没恢复，中国学生在英国还是比较难找工作的，所幸我面试第二份工作就收到了offer，这多少和我的职业规划有关系。在国外这几年，我长途旅行、读书、工作，起因都是因为留学，但要说最初的动力，则是性格里的不安分劲儿和年轻时想要"走出去"的冲动。

林主编：你的家庭是怎么给你规划留学这件事情的？

杨卓伦：原本我打算本科毕业直接去外企咨询公司上班，但我家里人认为最好读完研究生再就业。父母毕竟是老师，在十几年前就预见到了学历的贬值和硕士学历的必要性。而我不希望继续在国内读，一直想留学，所以才申请国外的研究生。

林主编：你在帝国理工学的是什么专业？你的留学体验如何？

杨卓伦：我在帝国理工读的是Innovation, Entrepreneurship & Management（IEM），创新创业管理，这是帝国理工商学院的王牌专业之一，直接和帝国理工的科技成果产业化挂钩，因此师资和配套资源都非常强大。IEM的中国学生比例非常低，我那一年，全专业的中国学生加起来只有15%左右，剩余的学生都是来自全球各个国家和地区，国际化程度很高。这个专业的中国人之所以少，跟它的招生风格有很大关系，班上有一半的学生都是各国的家族企业继承人，剩下的则是有志通过创业实现人生理想的杰出年轻人，包括墨西哥、马来西亚、沙特阿拉伯等新兴经济体的创业者。大概是因为学校喜欢招富有创新精神的学生，班上同学无一例外都非常有个性，上课发言和演讲时各显神通，放学之后玩得特别疯。

大家可能听过斯坦福大学的创业课，其实帝国理工IEM专业学的内容与它非常类似，而且非常具有"欧洲导向"，因为在创业学这个领域也分为北美和欧洲这两大流派，后者更注重运筹帷幄和风险控制，整体上更保守一些。所以我们在上课时，老师除了讲机遇，也会强调风险，这种教学理念培养出来的学生做事情比较稳健。在英国，"保守"并不是坏事，甚至可能是褒义词。尤其是在不确定因素过多的情况下，保守可以让你避免犯错，不犯错就能离成功更近。所以创业并不总是激进的、说一不二的，也可以是深思熟虑、厚积薄发的。

我在帝国理工读书的体验很好。在课外，我成为"校长大使"的一员，接待了十几组访问帝国理工的英国国内外社会人士和学生，这一经历不仅让我有机会接触到不同背景的人群，还极大地锻炼了我的英语演讲能力。帝国理工还拥有超过400个学生社团，是英国学生活动最丰富的大学之一，所以我周末会尽可能参与其中。

回国后的几年，我开始担任帝国理工华南校友会广州分会的会长，负责很多跟校友联络相关的事情。在此期间，我接触到来自不同行业和学校的海归校友，同时为母校的校友服务，帮助这些优秀的海归校友更好地实现职业成长、发展事业、拓展人脉和发现新的机遇。所以，在帝国理工的留学经历很有意义，它鼓励我坚持做一个长期主义者，将我的事业做成一种价值投资。

林主编： 在帝国理工学习后，你认为英国和中国的教育体制的区别在哪里？

杨卓伦： 往深一点说，国内外教育体制的差异很大，国情不同导致了教育资源分配方式、高等教育产业化程度、国际化程度等各方面的差异，它们相互交织，很难一概而论。但是，单从我个人留学的体验和我在国际教育行业的从业视角说，我觉得是招生模式和招生目标不同，导致生源不同，进而导致国内外就读体验不同。以许多顶尖的英美大学为例，这些大学在招生时，热门专业的录取率往往控制在10%左右甚至更低。招生官在审核学生时，会综合学生的成绩、实践经历、课外成就、个人素养等诸多方面来筛选出更优秀的候选人。这种选拔机制使得被录取的学生更加丰富多样，有更强的自驱力，能够在自己感兴趣的领域脱颖而出，而不仅仅是懂得考高分、熟练掌握应试和面试技巧。

很多同学在留学后普遍感受到的一个明显差异就是：国外同学在课堂上的参与度和热情度与国内截然不同。以展示报告和小组讨论为例，欧美的学生在这些环节整体表现出更高的积极性。当老师在课上提出问题时，可能会有十几个学生踊跃举手发言，而在国内可能是老师点人回答问题，少有人举手。其实，在教学能力上，国内的很多大学老师也很优秀，但好的教学方法之所以贯彻不下去，往往是因为学生群体不一样，导致学风不一样。毕竟，通过全面评估学生综合能力筛选出来的学生，和仅靠考试高分录取的学生，自然有很大区别。

在英国留学的这段经历，让我看到原来教育可以这样激发学生的自主性，原来同龄人可以有这么强的学习热情，并且在课外休闲娱乐时也这么会玩，而不只是埋头苦干应付考试。另外还有一点打动我的，是我所看到的"象牙塔"精神和科学家的愿景。学校里的许多科研工作者真的是专注、敬业地投入自己的研究里，希望通过自己踏踏实实的研究，来攻克一些细微领域的技术壁垒，攻坚人类集体面临的各种宏大命题，比如温室效应、粮食危机、清洁能源、环保材料、疾病预防……如果不是在各种科研成果路演中亲自接触各种科研带头人，在校友酒会和学术会议里跟学术大咖们交流，我可能会误以为这些只是学校的形象工程。

林主编：你在上研究生前选择gap（间隔）一年，但很多中国学生是不太敢做这个选择的，你觉得间隔年给你带来了什么？

杨卓伦：我是在23岁那年选择间隔年的。2015、2016年，"间隔年"这个从西方引进的概念在中国还不太普及，我受邀跟朋友一起出版了一本访谈书籍。作为记者，我们采访了30位有间隔年经历的杰出年轻人，通过叙述他们的故事，鼓励大家更勇敢地走出舒适区，探索别样的人生。我还写了一本小册子，告诉其他青年人如何利用间隔年，包括义工旅行、做志愿者、支教、出国实习、学习一门技能等。间隔年这种不读书也不工作的经历，虽然在西方很普遍，但大部分中国家庭是很难理解和支持的。因此，在我决定选择间隔年之前，我创立了现在的创业公司——InVisor国际教育，并因此得到了人生第一桶金，经济完全独立之后，我才踏上间隔年的旅程的。

作为一个间隔年的倡导者和过来人，我觉得它的核心精神在于"非功利,不盲目"。因为你选择间隔年并不是为了实现升学、求职、成家立业这种功利性目的,而是为了退一步,通过尝试各种活法,来思考清楚自己要过怎样的人生。当然,这样做的结果有好有坏,每个人都会在多年以后的人生中慢慢揭晓答案,但整体上说,利大于弊。毕竟年轻时的探索成本和试错成本都比较低。

由于大学毕业前抢到了名额稀缺的新西兰打工旅行签证(WHV),我的间隔年大部分在新西兰度过。我边旅行边工作,认识从世界各国来新西兰的朋友,了解他们的生活方式、思考方式和风俗文化。我觉得这一年给我带来的最大收获,是让我更加清楚自己应该以一种怎样的方式规划自己未来至少10年的人生,清楚自己要过怎样的生活。由于当时我是通过互联网来服务最早一批申请留学的客户,拿出电脑就可以随时办公,因此我能自主支配的时间,跟其他国家的背包客一样,忙时去农场和青年旅社打工,闲时围着篝火聊天、出海钓鱼、探索森林。在那时,我就发现自己非常享受这种状态。我特别喜欢跟其他国家的旅行者深度沟通。他们来自各个领域,从青少年到退休老人都有。由于新西兰的社会氛围轻松而友好,许多人都愿意分享自己的人生经历和世界观。我很认同罗素说的"参差多态乃是幸福本源"。对当时23岁的我来说,认识这么多的人和经历这么多的事之后,我从迷茫中找到了笃定。这是我迄今为止最快乐的一年。

尽管我喜欢自由职业的状态,间隔年的经历却坚定了我留学之后要全力以赴创业的目标，我决定从0到1把事业做起来。在间隔年期间，我深刻地认识到，如果没有足够的个人资源、能力、经济实力做支撑，所谓"斜杠青年"的生活是不能长久幸福的。想要得到理想生活，就要先学会放弃前期的自由散漫。尽管我热爱旅行和自由，但从2018年回国创业以来，我一直全身心地投入工作中，毫不懈怠。间隔年的经历让我学会了如何做出人生的取舍。

林主编：你现在正在做什么？你的留学经历对你现在做的事情有怎样的帮助？

杨卓伦：我全力发展自己和合伙人在2015年创立的留学品牌InVisor国际教育。我们是一个精干而务实的团队，长期开发稀缺性强的教育资源，帮助中国的高净值和高知家庭规划孩子的国际化教育，申请海外名校，实现更好的个人发展。过去的8年里，我们在帮助学生申请英美和中国港澳地区名校方面成果斐然，成功帮助超过300位学生申请牛津、剑桥、哈佛、耶鲁等世界名校。与此同时，我们也在积极探索更加系统化和前沿的高端人才培养模式。例如邀请外国顶尖人才来中国，为优秀的孩子提供一对一的私塾式定制化培养。我们认为，如果要让大家都更加优秀，就要让少部分人先优秀起来，用他们的力量来带动更多人变得优秀。所以我们只专注做精英教育。

讲到创业和留学，其实家里人原先希望我研究生毕业后考公考编。但是我个人的热情始终在创立一家基业长青的教育公司。我一直都很喜欢在教育行业创业。比如，早年高考结束后，我就和同学在中山开了一所模式新颖的半寄宿制补习中心，受到当地家长的欢迎。这段早期的创业经历促使我继续投入教育行业，来帮助更多学生和家长。而后来创立InVisor国际教育，则源于我早期对留学中介的服务不满意的经历，我希望能够利用自己成功申请上名校的亲身实践经验来帮助更多学弟学妹圆梦理想的学府。在我创业的第一年，我定下了"质比量更重要""授人以渔""坚持个性化服务"这三大原则，并将它们写进公司制度和宣传资料里，到现在我们还继续坚持着。

柳馨然访谈录

INTERVIEW

- 南加州大学法律研究硕士
- 加州大学洛杉矶分校学士
- 策划组织"福布斯中国全球华人精英""胡润全美创新杰出人物"等多个国际商业论坛
- 中华思源工程基金会"定心丸农民安心计划"宣传部负责人
- 传媒与生物科技公司创始人和CEO,运用新媒体与数字化手段,赋能健康产业及其他行业品牌发展

林主编： 你来自怎样的一个家庭？大学之前你父母对你的教育大概是怎样的？

柳馨然： 我觉得我在大学前的成就离不开我的母亲的教导，她是一名很坚韧的伟大女性，在我迷茫的时候给了我方向。她认为真正的教育不仅仅是灌输知识，更是引导孩子挖掘自我潜能、培养独立思考和解决问题的能力。所以她只给我定目标，不会限制我的学习和计划，看似对我实行较为开放的"放养式"教育，但她总是在身后默默关注，确保我在必要的时候能得到足够的支持和资源。比如小的时候，母亲敏锐地捕捉到我在英语方面学习的天赋，她就会积极地帮我寻找更多的英语学习机会，由于卓越的英语口才受到当地电视台英文访谈的邀请，并引起了当地幼儿英语教学的热潮，这也为之后留学铺垫了坚实的语言基础。

凭借着自己的学习天赋，我在小学年级排名中始终名列前茅，然而，随着生活变故和初中阶段的学习挑战的到来，我第一次认识到我的"天赋"并不代表什么，只有勤奋加天赋才可以在重点初中保持好的名次。当时全校1200名学生，我入学的成绩是全校的前10名，但是初二的时候，我就掉到了全校600名左右。当年我父亲也意外离世，学习成绩下滑以及抑郁症困扰的多重打击下，母亲也毅然决定让我暂时休学调整状态。

我当时其实并不知道人生的目标和理想是什么，学校、班级和同学就是我的全部。那个时候很容易会陷入自我怀疑之中。母亲的陪伴和开导让我脱离出来"卷面成绩"对我的束缚。开启了我对全球教育理念的新认知。国外名校不仅看重学术成绩，更注重学生的综合素质，如领导力、团队协作能力、创新能力以及对特定领域的热爱与专业度，同时也关注学生的社会责任感和解决问题的实际能力。

那时我正准备申请美国大学，认知重塑使我受到了一点影响，最后只拿到了圣地亚哥州立大学（SDSU）的offer，我对这个结果有些失望，想放弃这个offer，去读社区大学，再拼搏一次试试。我妈妈欣然支持我的想法。

在我进入大学之后，我就进入了人生的第二个状态。我发现一个人真正的魅力和影响力源于内心的丰富和坚韧，因此我决意寻找和发掘自己的人生价值，致力于锤炼内在的"核心"。唯有拥有坚实而丰富的内心世界，才能在瞬息万变的外部环境中保持清醒与自信，勇往直前。

在美国社区大学的前两年，刚开始我过得很艰难，学校里没有几个中国人，而且就算雅思拿到了7分，出国还是跟不上语言进程，听不懂课程，交不到朋友，记得我有一次给我母亲打电话哭诉。她说"不行就回来吧"，但我记得非常清楚，我说："不，我一定要读下来，我怕有一天会后悔。"

那段时间我非常刻苦，经常会学到凌晨5点，早上上课前会预习，课上认真听课，课下复习，通过线上网站去自学知识，与同学和老师积极沟通。这一套学习系统下来，我在社区大学前两年的GPA（平均学分绩点）一直保持在4.0。在我看来，大学的课程挑战性虽有高低，但只要付出努力和时间，没有什么是绝对学不会的。大学教育不仅是教授专业知识，更是在培养独立思考、解决问题和终身学习的能力。在社区大学大一的时候，深深意识到这里不是我想上的学校，也不是我想过的生活，为了实现我的目标，我不懈努力，最终以GPA4.0的成绩转到了UCLA。

在UCLA经历了与社区大学截然不同的学习和生活环境。这里的竞争激烈程度明显升级，每位同学都有着不凡的才华和进取心，这无疑推动着我也必须不断超越自我。在这样一个汇集了全球各地优秀学生的环境中，有机会接触到来自不同家庭背景的同龄人，这让我认识到个体间的差异和多样化的成长背景对个人观念、行为模式以及适应新环境能力的重大影响。

比如，来自中国发达城市如上海、深圳等地的同学，他们从小受到的教育资源更为丰富，普遍有着较好的英文基础和国际视野，在融入美国文化和社交圈子方面显得更为自如。相比之下，虽然我已经在美国生活了大约三年，但由于早期在内蒙古接受的教育环境相对封闭，英文应用和跨文化交流能力略显不足，这使得我在初期并没有像刚入学的大一新生那样迅速适应并积极投入国际化的生活。

在专业选择上，我最初选择了心理学，部分原因是基于个人曾两次遭受抑郁症困扰的经历，渴望通过学习心理学去理解并克服自己的心理障碍。然而，在深入学习的过程中，我意识到研究个体心理固然重要，但个人的心理状态往往深受其所处的社会环境影响。因此转而投向社会学的学习，希望通过宏观视角去探究社会结构、文化习俗等因素如何塑造人们的心理状态，并意识到个人的心理问题有时需要从社会层面寻找解决方案。

在大学期间，我给自己设定了严格的标准，追求课程的最优成绩，每个学期，每个科目都以"A"为目标。参加学校的各类活动时，强迫自己去和教授进行一对一的谈话。最终，以优秀的毕业成绩申请到南加大的法律系研究生。

林主编：你从UCLA换到南加大，感觉是怎样的？

柳馨然：其实上课的感觉差不多，更多的差别在于文化。UCLA在多个学科领域有世界级的学术成就，当你说毕业于UCLA的时候，别人会觉得你有科研背景；南加大则更加人文一些，它在电影艺术类的学科更有影响力，并且注重校友网络（Trojan Connections）以及商业联系的培养。

毕业之后，其实我也考虑了读JD（Juris Doctor，法律博士）的可能性，在洛杉矶律师实习过也和很多学法律的朋友探讨了关于华人律师在美国的职业瓶颈，我发现，法律给予了我独特的视角和技能，但不是我最终的职业归宿。并且在之前，我参与了很多的社会实践和实习背景，包括策划参与或组织了各个峰会和会议《福布斯中国全球华人精英》，《胡润全美创新杰出人物》，《哈佛中国论坛》，《中美峰会》，同时多次作为优秀代表参与了中美政府举办的会议活动，在此过程中找到了我对商业的兴趣。

当时正好有个机遇，在美国有一个药厂，主要生产一种针对人体细胞修复的药物，它所生产的保健品已经在美国亚马逊、沃尔玛销售了20年。这种药成分特别好，也帮助身边的一些人有效地改善了身体状况，所以我希望能把它带回中国，发展更大的中国市场。

但是回国之后遇到了很多问题，首先国内没有保健预防的概念，大部分人习惯得病以后去医院看病，而不是提前花钱在预防疾病上。第二是药的客单价很高，在美国卖六七十美元，回中国后算上运费税可能就得七八百元人民币。此外，还有一些医疗资质、国内的进出口问题等，让我陷入了困境。

后来我碰到了我的合伙人，他给了我一个思路——销售为王。当有渠道能够把销售铺开的时候，这个东西才好销售，从后往前推，再通过渠道把产品铺开。此前和很多实体店老板聊过，有一家实体店老板做童装生意，拥有3000多家加盟商，但由于疫情倒闭了许多，他们就想把线上做起来，让加盟商在线上产生销量。于是我成立了一家传媒公司，开始做互联网营销和品牌孵化。我坚信做生意要有利他性，你做的事情只有对别人有益，才能持续做下去。所以我们在做品牌孵化的时候，一直在思考我们的产品是不是客户真正需要的。

林主编：你会给未来想去留学的同学怎样的建议？

柳馨然：你先想清楚自己是谁，想过什么样的生活，为了什么而活，以及活着是为了什么。

把这些问题梳理清楚之后，再去看留学这条路以及你想去的学校符不符合你人生的目标。

如果你觉得某所大学能让你在里面找到归属感,那不妨大胆选择它。不要被名校的光环所困扰,因为做事情的时候,需要的是自己的真才实干,只有当你成功后,名校的title(头衔)才会给你加分,最重要的是你在哪个学校能找到你自己的价值观。